小文 99

序与跋

马未都 著

北京长江新世纪文化传媒有限公司
Changjiang New Century Culture and Media Ltd.Beijing
出品

序

无心插柳柳成荫,是这本小书的写照。我为各类书写序与跋的时候,并没有其他想法,直到有一天忽然觉得这些年零敲碎打的文章可以结集出版,心中难免一动。从那一刻起,心里有一种莫名其妙的兴奋。

我年轻时是一个职业编书者,对书的序与跋情有独钟。序放在书首,如戏之序幕,曲之序曲,可以为书定个调子,也可以大致了解一下该书的内容;而跋则置于后尾,有个小结,让自己与读者一同心安。

这些不是每一位读者都在意的。我见许多人读书急不可耐,一下子迅速翻上几页,甚至翻至书中读起,还读得津津有味。这让人大感不解。我以为读书可以粗读,也可以精读,但万万不可半途而读。读序可以事半功倍,品味书中奥秘,当从序始。

这就要求序言之有物,有话则长,无话则短,言简意赅。可惜今天许多书的序不是这样,溢美之词多于中肯之见,阿谀之意湮没真实之情,让序变得空洞无物,成为可有可无的摆设。

至于跋，除了感谢一圈已无其他。

本书看似杂乱无章，却是我自己很喜欢的一本书，因为这些小文都是我自己在夜深人静时一笔一画写的，都有手稿为证。我年轻做编辑时，从未想到能为自己作序，更没想过为他人作序。没想到人过半百之后，竟然喜欢上写这类小文。先读其书，再想如何动笔，大多数文章都控制在千字之内，为的是让读者有耐心读完。

这本小书涉及至少99本书。书的内容非常广泛，有文学有科学，有旧作有译著。许多书我读时深受感动，庆幸自己能有机会为其作序。作为一名曾经的编辑，幸福莫大于此焉。作为读者，读此书至少可以了解99本书的脉络，是另外一种幸福。

《小文99》前身是《小文65》，几年来补充及修订，使之丰满。我会继续写下去，拾遗补阙，集腋成裘。许多书作序前逼迫自己认真想通某个问题，方可谨慎下笔，万不能"以其昏昏，使人昭昭"，此乃为人作嫁的准则。

语轻意重，谨为自序。

马未都
乙巳惊蛰

编者的话

本书为作者马未都近 20 年所作的序跋文萃，内容涉及收藏、文化、艺术、文学等诸多领域。"小文"虽小，但寥寥数语即可将该领域的渊源流变梳理一番，精髓毕现，见解独到，足见一位博采众长的文化大家的学识和功力。书中部分篇章特别添加视频二维码，扫一扫，听作者亲自为您讲述此中微言大义。

目 录
CONTENTS

知 行

看不见的精神享受	· 003
凿枘工巧，器道合一	· 006
凿枘工巧，坐具中的精神信仰	· 009
大漆家具，高格雅宗	· 011
相识相知，苦乐共行	· 016
坐卧其间，有山林之思	· 020
智慧之光，力透椅背	· 023
古人的情趣及憧憬	· 026
隔着时空与古人沟通	· 028
粥鼎相随朝复暮	· 030
宣德炉，与文人雅士交相辉映	· 032
宗古人之妙法，探宣炉之真谛	· 034
淬火涅槃，惊艳世界	· 036
三百六十五天，天天有喜	· 038
工艺之光	· 041
收藏之乐	· 043
陶瓷之美	· 045

捉刀代笔	· 047
时光技艺	· 050
打眼，不冤不乐	· 055

敬　畏

从容的告别	· 061
记录过往，淡看生死	· 064
慎终追远，感悟生命	· 067
两个黄鹂鸣翠柳，唐诗要读三百首	· 069
国人不可不读的经典	· 072
慈悲与智慧	· 075
于世俗喧嚣中，聆听梵音	· 080
佛道相融不抵，散放文明之光	· 083
无门之门，敬畏之心	· 086
一本关于陶瓷的小书	· 089
大千世界，皆是颜色的天地	· 091
千文万华，星汉灿烂	· 093
入艺术深处，悟根源之美	· 096

汉画无声，可知喧嚣	· 099
版画中的帝都温情	· 102
庄敬中正，坐以修身	· 105
百盒千合万和	· 107
解读我们的文明成因	· 109
薪火相传，延续文明	· 111
新瓶旧酒，温润醇厚	· 112

累 积

观复猫钻进古画探玄机	· 117
原来历史如此有趣	· 120
呆萌而有文化的猫	· 122
国宝 100，件件精彩	· 125
生命世代，国宝万载	· 128
三位一体，解读唐诗宋词	· 130
随方就圆讲唐诗	· 133
顺势而为论宋词	· 136
长长的话慢慢讲	· 139

纸上宝石，书中蝴蝶	· 142
屏具：曲径通幽，达至中庸	· 145
寒夜客来茶当酒	· 148
茶酒两生花	· 150
短长都罢，要活得明白	· 152
偷得浮生半日闲	· 154
最美好的时光	· 156
我的口舌之快	· 158
沉醉文明，共享文化	· 160
浮沉之间，醉享文明	· 162
醉说文明，人生快事	· 164

承 荫

手艺中国	· 169
工匠精神，照耀千秋	· 172
用五十枚钱币串起的极简中国史	· 175
社火娱神，香火娱人	· 178
民族的，世界的	· 181

以漫画读博物馆，文化不再抽象	· 183
紫禁城的记忆	· 186
笔墨纸砚的文明魅力	· 190
观复猫眼中的二十四节气	· 194
重构节日的温情	· 196
二十四节气中的人间冷暖	· 198
寸小之器，大千世界	· 202
葛老的戏剧情结	· 204
蒙古大漠的历史遗珍	· 209
雕风镂月话吉子	· 211
著书于天明之时	· 213
门窗：让生活柔软，让建筑多情	· 215
华衮灿烂，锦上添花	· 218
万物并作，吾以观复	· 221
和孔子对画	· 223

玩　味

行走在书中的猫	· 229
观复猫的出现是个宿命	· 232

四虚可及喜乎欠	· 234
让世界爱上猫	· 236
观复猫的诗与画	· 239
四季轮回，生命不息	· 241
野蛮才是文明的动力	· 243
尼安德特人：我是谁	· 246
不正经西方思想史	· 249
寒夜的音乐篝火	· 252
光影下的黑白	· 254
穷游野导	· 256
镜头之下，见证历史	· 258
随手一拍，幸福自来	· 260
含香体素，寻觅本真	· 262
建筑与烹饪，美美与共	· 264
小物语，大情怀	· 267
奇葩逸丽，淑质艳光	· 269
雅重的"三分半"书	· 272
跋	· 275

知行

看不见的精神享受

中国传统家具在中国引起广泛重视不过是这二十余年的事情。早先还仅在专业人士及爱好者中探讨，国人习焉不察，所以第一个为中国传统家具著书立说的人反倒是德国人古斯塔夫·艾克（Gustav Ecke）。这本出版于1944年的专著《中国花梨家具图考》(Chinese Domestic Furniture)，出手不凡，图文并茂，站在客观的视角，冷静清晰地剖析中国传统经典家具，至今阅览仍不失一座丰碑。

那之后的二十多年，虽在艾克的启发下有不少学者孜孜以求，但因艾克起点颇高，让后人难免生畏，加之时局变迁，一直未有像样的专著问世。直至1971年，美国人安思远（R. H. Ellsworth）才将大作《中国家具》(Chinese Furniture)完成，在中国家具研究史上占有重要一席。紧接着，中国自太平天国以来百年文化动荡结束，随即改革开放，使国人得以喘息，得以重新审视自己的传统文化，重新发现古家具之精华。1983年，中国人王世襄皇皇大作《明式家具珍赏》及后来的《明式家具研究》相继问世，奠定了王世襄在古家具界成为泰斗级人物的基础。那以后，有关中国传统家具的研究、收藏、展览、出版随波逐浪，让国人恍然大悟，知道了家具也是一种高雅文化。

中国传统家具的精髓在于神，不在于形。形之千变万化，由战国及秦汉及晋唐及宋元及明清，脉络可缕。由低向高是中

扫一扫，听我讲
本文背后的故事

国家具的发展态势，由简向繁是中国家具的无奈追求。在形的层面上，国人求变，但万变不离其宗，神永远不散，神永远支撑国人面对生存艰辛的世界。这个神不是别的，就是我们灿烂文化的精髓——精神享受。

家具本是个实用的东西，越实用的东西就越容易忽略它的精神存在。在中国古家具中，无论是卧具——休息，是承具——工作，是坐具——小憩，还是庋具——储物，都可以撇开实质，向后人讲述它跨时空存在的意义。看不见的精神享受，当事人未必都能说清，但学者可以。

中国古人在精神层面的不懈追求下，将家具设计得日臻完美。中国家具在世界家具史上独树一帜，先考虑精神，后考虑物质，以人文精神为本。这就是传统经典家具高于他人的地方。我们很长时间想不明白这些，是因为古人也不是先想好再制作家具的，古人在先哲的精神指引下，将神化物。

  我们对生活的追求一定是先物质后精神，处在物化的世界里想不如此也难。关键的问题是解决物质后要进一步解决精神，否则与行尸走肉无异。精神层面很多，每上一层就多一层痛苦，也就多一层快乐。

2009.3.2 夜

——本文原为马书《明清意象》序

凿枘工巧，器道合一

中国古典家具的设计与制作建立在相关的人文环境基础之上，而中国各地人文背景差异性很大，从而导致家具千姿百态，许多作品超出今人的想象。《凿枘工巧》试图说明这一现象。

家具在农耕民族为主的国度中地位举足轻重，与之相关的文化形成体现着一个民族的生存意识。在中国传统家具中，以功能分类——休息类的卧具、坐具，工作类的承具、庋具，都包含着农耕民族最本质的生存原则。适者生存，在家具制作之中，传达的不仅是一个民族的物质，更多的是一个民族的精神，这个精神就是尊严第一，舒适第二。在任何冲突情景下，舒适一定让位于尊严。

以西方人看来，这缺乏科学精神，这也正是东西方永远发生碰撞的根本原因。中国人认为，精神与物质相比，精神永远在上，"形而上者谓之道，形而下者谓之器。"制作家具亦然，先有道，后有器。这与科学精神背道而驰，而千百年来，正是这种背道而驰的人文精神，造就了中国人的独特文化气质，家具文化不过为森林中的一木而已。

这一木依然撑起一片天空。一个席地而坐的民族转化为一个垂足而坐的民族，这里包含了多少人文信息，许多信息不是我们可以感知的。整个亚洲地区，只有我们中华民族彻底告别了席地而坐的起居习俗，其他民族诸如日本、朝鲜、韩国、泰国、印度、尼泊尔,甚至伊朗、伊拉克都还或多或少地保留席地而坐的习俗,这让全世界不得不对中国刮目相看,是什么让中国先人们如此这般?

中国人的学习精神可以解释一切。中华民族之所以在四大文明古国中唯一延续至今而不间断,就是因为我们善于学习,肯于学习。我们屈尊向一切民族的长处学习,让我们的文化立于不败之地。中国人历来注重在学习中创新,我们的家具文化深深地体现了这一点。

我们面对先人灿烂的家具遗存,材质可以忽略不计,地域可以忽略不计,但文化不可以忽略不计。传统文化在家具中的表现既在整体也在局部,从整体架构到细部的装饰,中国人把

扫一扫,听我讲
本文背后的故事

自己的聪明才智及情感都容纳其中,让中国人在生存中有尊严,在尊严中有地位,在地位中有舒适,在舒适中有享受。

而这一享受,无论从精神层面还是物质层面,都是古人和今人梦寐以求的。观者所见这济济一堂、大江南北的家具遗珠,包含着无穷尽的信息,不是任何一个人可以解释的。

是为序。

2012.3.22 改定
——本文原为《凿枘工巧:中国古卧具》序

凿枘工巧，坐具中的精神信仰

坐具成为中国人家居用具的必备应在唐代之后，席地起居改为垂足起居必然有一个漫长的过程。目前已发现的多类物证都在支持这一观点。新疆尼雅和楼兰出土的椅具与宋代之后的椅具大相径庭，反倒与罗马风格的椅具相近，由此可见椅具西来之说并非空穴来风。随后的魏晋南北朝的绘画（画像石及壁画）作品中，亦可以看到椅具的一般作用，尤其在宗教壁画中，高坐为一种精神信仰。

至唐代，中国人的起居变化大体完成。敦煌 473 窟唐代宴饮场面已将案与凳共置同一场景，只不过此时的案与凳同高平行，凳还是宽板长条大凳。某种意义上说，这场景还是汉代场景的延伸，人们多数还是盘坐于上，只不过离地而已。到了晚唐五代，中国人的坐具才基本完成独座理念，比如著名的晚唐《宫乐图》，已形成案高凳低的特征，仕女不见盘坐，均垂足于凳，凳为腰圆形，一人一具，一改盛唐残存的汉风。而五代时期的《韩熙载夜宴图》已经将宋人的生活习俗提前昭示，椅具登场，作为室内陈设的主角反复出现，这一变化将中国坐具的完备定格于千年之前。

宋代之后，椅具成了家居普及之物，名称也将性能之"倚"改为实质之"椅"。宋人看中的"倚"是"椅"，木质结构的随意将后世坐具文化演绎得淋漓尽致。所以有了官帽椅、圆椅（后称圈椅）乃至交椅，还有社会学的俗名太师椅，宋朝张端义的《贵耳集》一叫就是千年。

元明清以后，坐具已成为中国人起居不可或缺的家具，或方或圆，或高或低，或独坐或双人乃至多人。今天侥幸存世的坐具让后人可以有机会领略古人的才智与文化的遗存。此时高坐对中国人不再是简单的生理需求，而是在漫长的文化进程中，形成了特有的家居文化。先是先秦及汉，坐姿就表明了人的身份等级，跽坐比盘坐严谨，符合礼制，散坐表明态度。宋代的许多佛像在传达一种自在信息。中国人说，坐有坐相，坐如钟，沉稳而重心偏下，这种坐的文化影响了坐具的文化，所以可见的历代坐具都在悄没声地讲究人文精神。

缘于此，中国古代坐具的舒适度让位于精神的渴求。我们优秀的四出头官帽椅、圈椅、交椅、靠背椅、玫瑰椅及各类风格的椅子，都把人文精神放在前面，在此基础上再考虑舒适。S型、C型靠背板；落差性的扶手、顺势连贯而下的扶手、三面接近高度的扶手；软屉、硬屉；相交而行、四足落地；加之西方人最怕的管脚枨，都在将古代坐具的人文精神与科学精神融合表达，让中国古代坐具在世界家具史上独树一帜。

此册《凿枘工巧》坐具篇集各类材质、多种造型坐具于其中。名贵材质与一般材质的追求虽有千差万别，坐具的功能使用与欣赏虽界限不清，但我们的先人头脑清晰，特别是我们民族用了几百年时间，从汉至唐彻底告别了席地坐，那随后就有义务将后人的生活装扮得更美好，设计得更舒适。

本图册的坐具沧海一粟,遗存至今,但亦能为上述文字图解。是为序。

2014.12.2

——本文原为《凿枘工巧 坐位：中国古代坐具艺术》序

大漆家具，高格雅宗

明式家具本是个学术定义，大约在20世纪前叶西方学者开始关注。由于西方人理解东方艺术有差异，他们更在意家具的框架结构，欣赏家具的大格局，于是所谓以简约风格为主的"明式家具"一词诞生，影响了随之跟进的一大批中国学者。

毕竟明式家具是地道的中国艺术，在理解度上，中国学者明显高于西方学者一筹，在杨耀（1902-1978）、陈梦家（1911-1966）、王世襄（1914-2009）、朱家溍（1914-2003）、陈增弼（1933-2008）等大家的研究下，明式家具的硕果迭出，大大拉开了与清式家具的距离。由于大家们对清式家具持有偏见，均少出笔，至今未见清式家具有像样的研究成果问世。随着前辈大家的故去，中国明清家具以明显倾斜之势，厚明薄清，此局面可能会在未来若干年得不到改善。

中国古代家具有过革命性的改变，由低向高完成了质的飞跃。席地坐转为垂足坐，视野的变化倒在其次，更重要的是观念的改变。高坐让中国人的起居从亚洲彻底脱离出来，与周围席地而坐的诸民族划清了界限。尤其宋代以来，国人在自觉不自觉之间把以前几千年形成的许多文化悄然改观，价值重新体现，以唐宋为界，享受了千年一变的起居文化。

席地而坐的古中国人不知垂足而坐的中国人的幸福与便利。《礼记》中"群居五人，则长者必异席"，到了宋代就成了久

扫一扫,听我讲
本文背后的故事

远的记忆。宋代人讲究的是"胡床（交椅）施转开以交足，穿便条以容坐，转缩须臾，重不数斤。"（宋·陶谷《清异录》）上古的礼制严格，中古的世俗享乐，从中国人的坐姿上即可知晓。

明隆庆开关之后，平木工具的革命，加之中国人固有的材质观念，优质珍贵木材登上家具的大雅之堂。紫檀、黄花梨、鸡翅木等硬质良材作为家具用材自此时始。前辈研究者所盯住的"明式家具"也大都取材如斯，所以明式家具一枝独秀，以其优雅的造型、优质的工艺、优良的木材、优秀的文化理念，在半个多世纪以来为学者关注。

但明式家具之前又是什么理念掌握了家具的命脉呢？中国人是全世界使用漆最悠久的民族，至少在七千年前的河姆渡文化中就有漆碗出现了。漆的两大功能——防腐和装饰，很早就被中华民族的先人利用，我们今天可见的大量楚汉漆器，唐宋元明清的漆器，风格不一，美不胜收。

周代的礼制形成，将家具源流记录在案。《周礼》中家具涉及多且广，几、扆、案、床等，不仅有文字记载，也多有实物出土，多数出土家具都可以寻见今天家具的影子。这些家具除去铜质家具，余者多为漆制，单色漆与彩色漆均有，保存至今日，实乃大幸。

河南信阳长台关一号墓出土的战国六足黑漆彩绘大床，湖南长沙浏城桥一号墓出土的战国漆木凭几，湖北当阳赵巷出土的春秋漆木彩绘俎，湖北随州曾侯乙墓出土的战国漆木禁，山西大同司马金龙墓出土的北魏红漆彩绘屏风，无不传达着漆与木在上古家具中不可割裂的关系，这层关系一直延续至唐宋元明时期，只是在明晚期由于硬质名贵木材的出现，才让中国家具有了分野。硬木与蜡，软木与漆，让中国家具各显神通。

漆制家具又分两路。宫廷贵族一路以厚漆动刀为贵，凡剔犀剔红乃至剔彩一类，都以深刻为尚。这类家具极重欣赏，不重使用，故生产与存世甚少；另一路以髹漆为本，无论单色朱黑，还是彩绘描金，都将漆制本能尽现。纯色表现单纯，彩绘极尽工巧，让后人有幸在今天还能看见各色中古或近古家具，本图册略收一二，即可让我们领略家具之古意，有别于近些年看惯了的光滑细巧的"明式家具"。

大漆之大乃尊称，中国人称高尚之人之物为大。大漆即天然漆，我国特产。漆树在中国分布极广，长江黄河流域都有生长，割树取漆，由生制熟，让大漆成为古代中国最广泛的防腐装饰材料。由于漆膜坚硬耐磨，作为家具的保护层，让中国人至少使用了三千年。

三千年来，中国人制作的大漆家具难以数计，我们今天有幸看见的不会超过万分之一二。漆艺复杂，披麻挂灰，使用多舛，年久失态，故完整存世于今的更是寥寥。大漆家具高古者多为明中叶之前，甚至可以上溯至宋元，故漆膜形成的断纹璀璨夺目；后又被好事的文人赋名"流水断""牛毛断""梅花断""龟纹断""蛇腹断""龙鳞断"等，极尽渲染，令不解者不解，令着迷者着迷。正是古漆持久天然形成的缺陷美，让大漆成为高古家具的代名词，继而成为有识藏家追逐的宝物。

自打"明式家具"一词问世之后，学者及藏家共同掀起一股热潮，学者极尽所能将"明式家具"擎起，藏家趋之若鹜，搜集天下美器。非常物质化的国人惯以材质论高下，喜闻乐见的紫檀、黄花梨等成为时代宠儿。于是材质第一，美学第二，而大漆家具的研究和收藏因此双双落伍。

但社会总有慧眼识珠者。刘传生先生经营古家具三十余年，由早期河北集散地转战京城，过目古家具逾以万计，看得多了，想得深了，就知道古家具的高下优劣，就知道古家具除材质之外还有另一套评判标准。日长年久，就有了这本《大漆家具》，高格雅宗，古风习习。

大漆家具乃中华古家具之宗，所谓"明式家具"仅从中撷取一枝，简明扼要地体现明晚期社会富足时的拜物心理。紫檀貌如绸缎，黄花梨状似流水，都极大地展现了社会的奢华心态。而大漆家具，形之高古源于民族久远的积累，色之沉着反映着宋文化深不可测的底蕴；而明清丰饶之时的社会，仅留给它一席之地，那我辈就不能再如此这般下去。

我与传生先生相识已久，他为此书孜孜不倦的精神令我钦佩。想必他为此书熬过不少夜，费过不少神。我深知写书之苦，尤其家具，搬搬弄弄都是难事。当我看到古老的家具置身于古老的寺院之中，心中感慨油然而生。我们的民族之所以延续至今，就是因为有这些不计一城一池得失的人们。

为文化呐喊，于我已是天职。

是为序。

2012.6.20

——本文原为刘传生《大漆家具》序

相识相知，苦乐共行

我是先喜欢瓷器后喜欢木器的，从鉴定角度属于先难后易。中国古陶瓷跨度大，浩如烟海，一个外行人入门非得下番苦功夫，否则难以成事。古家具则不然，属于先易后难，进门容易，越往后越难，尤其我和张德祥先生认识的那些年，全中国无人作假。仿做古典家具仅有外贸公司残香一炷，君子坦荡荡，也没有人刻意作伪，只是为了换取外汇，因而当时硬木家具无伪可辨。

当时因出口限制，外贸仓库积压了许多紫檀黄花梨家具，红木家具倒是香饽饽，卖得比紫檀黄花梨家具还贵。北京那时有许多家信托商店，天天都可能出现被某个家庭淘汰的今天看是国宝级的古典家具，价格之低廉，今天说来听着都晕，让人感到世道实在不公平。

我就是在这种不公平的年月结识张德祥先生的。他年长我几岁，性格温和，说话风趣，对老北京那种圆熟的处世风格得心应手。我那时在出版社当编辑，正赶上文学趾高气扬、文物低三下四的时代，但被他三两句闲篇儿弄得心驰神往。交谈中，可以看出张德祥对古家具的熟悉和热爱，所以我们的相识相知得以延续二十多年。

德祥先生虽然只年长我几岁，但这几岁是要命的几岁，让他在"文革"前成人，让我在"文革"时懵懂。我们的心理之差有两代人的鸿沟，他的出身和经历让他谨小慎微，凡事瞻前

扫一扫，听我讲
本文背后的故事

顾后，不像我永远都觉得光明在前，无所顾忌。而正是因为这种差异，让我们在一起时风趣无边，有点儿像说相声一样地一唱一和。

那段日子，我们经常结伴出行，以苦为乐。记得一次去天津，住下时已近半夜，三张床的招待所房间只住我们两人，13元一张床，我意欲租下那张空床，防止半夜入客惊醒我们，可他说省下的就是赚的，千万不要高消费。果不其然，下半夜招待所成心安排一个客人入住，客人蹑手蹑脚进屋，未开灯，一脚踢翻了床边的脸盆，惊得我们一宿未睡踏实。

这些生活中的喜剧一直伴随着我们的友谊。德祥先生是除陈梦家、王世襄前辈收藏大家之外最早涉足古家具收藏的人了。由于工作的缘故，他很早接触传统家具，很早认识王世襄先生。我与王世襄先生的相识还是他引见的。那时王先生孤独得很，一见我们去他家就舍不得让走，说东问西的，全然没有后来众星捧月的辉煌；很多时候夜深人静了，仍不见王先生有倦意，我们也很乐意奉陪。记得每次从王先生家中告辞，我们俩骑车一出芳嘉园胡同口就要分手，他向南，我向北，在清净的夜空中留下一串响亮的车铃声。

在家具收藏中，德祥先生为我指过许多路。他家处城南，城南有买卖传统，五行八作，干什么的都有。我特佩服他玲珑八面的市井哲学。我从小在军营长大，见的都是立正稍息的军人作风，而他却是商人后代，又从小赶上各类革命，养成了谨小慎微的性格。每次一起去买家具，他都会拖我的后腿，嫌我出价愣，扰乱行情；而我总嫌他计较一城一池的得失，会丧失战机。

后来想起这些，恰恰是我们俩之间的性格互补，成就了我们两个人后来的收藏。德祥先生慧眼识珠，总能在别人翻捡过的滩涂上捡拾到最耀眼的珍珠。他的多件黄花梨家具、紫檀家具都是收藏界的奇迹，都有充满传奇色彩的故事。这些绝不是凭空而来的，而是凭借他超凡的眼力和耐心。他自成一套家具理论，我以为是家具研究史上最生动最直接最有效的理论，完全是实战的结果，打败光说不练的理论家易如反掌。

与德祥先生聊天基本上离不开专业，他是我见过最发自内心热爱传统家具的人。二十多年前，没有任何功利思想，喜欢收藏古家具的人，北京市掰着指头数不完两个巴掌，而德祥先生的眼力及经验堪称魁首。1992年，我说陶瓷，他说木器，出版了第五次收藏热最早的相关书籍，回首一想，已近二十年矣。二十年来，古家具由破烂变成国宝，作伪与辨识共同成长，留下的印迹清晰可见。

德祥先生善说不善写，与我多次念叨的经验之谈总未成书。其实我一直在等待他的书出版，想必一定有意思，一定不同那些拾人牙慧的所谓专著。他有他的经验，比任何人丰富；他有他的观点，比任何人扎实；他是一个跨越了新旧时代老派的人，因而兼具新旧时代收藏家的气质。

德祥先生以自传体出书，让我也窥见了老友兼兄长为我所不知的点滴，其实人生都是由这些点点滴滴组成的，汇成小溪，终成江海。

谨以为序。

2010.4.1
——本文原为杨丽凡
《大收藏家：古家具专家张德祥》序

坐卧其间，有山林之思

中国传统家具选材极为讲究。尤其明清两代的硬木家具，其材料决定了家具的品质。我们今天熟知的紫檀、黄花梨、鸡翅木、红木、铁力木等都是使用广泛的家具良材，至今仍为使用者或收藏者津津乐道。在古代家具良材中，还有一些地域性极强的品种过去鲜为人知，其中柞榛木极具代表性。

柞榛木的"柞"字，多音多解：一读 zuò（作），比如东北常见的柞木，俗称高丽木，属山毛榉科的麻栎；一读 zhà（炸），原指水名，在陕西。榛为灌木或小乔木。柞榛一词，未见典籍记载，在江苏读 zhà zhēn（炸针），约定俗成。

柞榛木家具多出自苏北南通，地域性极强，多年来少有其他地区发现。由于南通近百年交通不便，地域较封闭，柞榛木家具在做工上独树一帜，风格彰著。

柞榛木尚有多种写法，柞桢、柞针、柞晶等。值得一说的是，与之不光是读音相近，其木质纹理也相似的树种——柘木（zhè）。它在长江中下游的安徽、江苏一带及山东等地均有种植，亦是制作家具的良材。柘木，桑属，落叶乔木，叶可饲蚕，雌雄异株，木芯黄色，可提取赤黄色染料，古代用以染制皇帝的龙袍。故南通地方称之为"柘黄"或"柘桑"。其木质坚韧，可制弯弓、扁担。柘木家具与柞榛家具颇易混淆，细观察尚能分辨。

南通地处淮南江北海西头，辽阔的江海平原属亚热带气候，地表是长江冲积层，土壤肥沃，乔木、灌木及藤本植物资源异常丰富。其中，柞榛木就是南通及周边地区特有的珍稀木种，曾经广为种植。但是因为生长缓慢，又极易虫蛀，素有"十柞九空"之说，且多弯曲，故柞榛木大材十分难得。

柞榛木属常绿小乔木，叶呈凤眼形，木质细密坚韧，木纹清晰雅致，倒伐后经数十年自然脱水，成材不易变形。南通地区有大量的明清家具存世，用材包括紫檀、黄花梨、鸡翅木、红木、楠木及本土的柞榛、柘木、柏木、榉木、朴木、黄杨等。而用极难取材的柞榛木细算精打出来的家具尤为珍贵。

目前所能看到的柞榛木家具，其制作年代除少数可定为明末清初外，大多为清中期以后所做。其制作款式却能承上启下，如台座式家具延续到晚清仍有制作。柞榛木家具早期选料严格，绝少带白皮，凳椅的座面板、靠背板、床榻的围板、橱柜的门板皆选纹理优美为行云流水者，让人坐卧其间有山林之思。线脚非圆即方，而方线又多起浑面，或打凹槽，榫卯结构合理，做工精细，总体造型简练古朴、圆浑灵秀。柞榛木家具风格的形成与其地域特点吻合。南通自后周显德五年（公元958年）建城，至今已有千年历史，在这千年中有过数次民族大融合，使得南通地域文化既有江南水乡的灵秀美，又有北方大漠的粗犷豪放。这与柞榛木家具所散发的气息不谋而合。三四百年来，柞榛木家具像一位隐士——或隐于山林，或隐于市井，"养在深闺人未识"。自中国古典家具收藏蔚然成风之时，南通柞榛木家具被越来越多的爱好者和收藏家所关注。

柞榛木家具出南通，它作为一种历史文化遗存，在中国传统家具中占有重要一席。对它进行研究发掘，探讨其风格和样

扫一扫,听我讲
本文背后的故事

式的异同,以及所用的本土木材,当有助于认识当地文化、社会民生以及经济的发展。于宏林先生热衷地方文化事业,主持编辑这部《南通传统柞榛家具》,孜孜不倦,自谦为"管窥一斑",但已为柞榛木家具在中国古典家具研究史上填补了空白,十分值得庆贺。

甲申初秋于北京
——本文原为罗一民、于宏林
《南通传统柞榛家具》序

智慧之光，力透椅背

黄花梨家具让公众熟知不过十余年的工夫。二十多年前，文物大家王世襄先生出版《明式家具珍赏》，费尽周折，首印寥寥一千册，还叫卖了许多年。当时百废待兴，北京处理家庭旧物的叫信托商店，上海叫调剂商店，在这些地方随时都可以轻而易举地买到今天被称为国宝的明清家具。对收藏家来说，那个时代一去不复返了。

历史往前推个三四百年，那是明式家具制造的黄金时代，除去大名鼎鼎的优质木材黄花梨，还有国人津津乐道的紫檀、鸡翅木，后来紧跟的还有老红木。就是这些任何民族都不去利用的硬质木材，在中国古人的眼中是个宝物。文人的设计，工匠的手艺，将黄花梨紫檀家具制作得炉火纯青，极尽工巧。

明朝晚期，当富足的社会悄然来临的时候，黄花梨紫檀家具迅速成为上流社会的追逐之物。明人范濂《云间据目抄》载："隆（庆）万（历）以来，虽奴隶快甲之家，皆用细器，……纨绔豪奢，又以椐（榉）木不足贵，凡床橱几桌，皆用（黄）花梨、瘿木、乌木、相思木（鸡翅木）与黄杨木，极其贵巧，动费万钱。"明晚期江南社会的奢华，从家具中可见一斑。

入清之后，中国封建社会很快进入最后一个同时也是最长的盛世。18世纪的康乾盛世可以说是名贵家具生产的黄金时代。当时国家国力雄厚，支撑着国家高速度高品质地运转，而涉及

扫一扫，听我讲
本文背后的故事

家庭的更多地体现在家具之上。封建社会与今天的社会有所不同，一般来说，家具是家产的重要组成部分。那个时期，一进门看家具陈设就知道主人的地位及财产状况了。所以很长一段时间，中国人都有让家具传宗接代的思想。

而正是这种让家产延续，继而让文化延续的意识，才让我们今天有机会看到这么多优秀的明清家具。尽管十九世纪以来，我们民族历经浩劫，内忧外患；尽管我们曾主动放弃过我们曾经追求过的幸福，甚至有意识地毁损过它，但我们还是幸运地保留了一些材质名贵，设计一流的明清家具，这让我们欣赏它们时还有些汗颜。

这本画册就是明证。历史不光是历史，还预示着未来。这么多明清家具济济一堂，不仅仅是靠财力办到的，还有眼力、精力和魄力。我与杨波先生认识多年，他的外表与内心差异很大。杨波语言谦和，说话总是不紧不慢的，但他内心总涌动着不安，这种不安让他眼光看得比别人远，胆略比别人大，步伐比别人快，所以就有了他的新黄花梨家具事业，就有了老黄花梨家具的收藏。

在杨波先生的一新一老之间，他的感悟一定很多，这由他一生慢慢叙说。我在欣赏这本画册之时，心中多有触动。古人凭什么制造出这么好的家具？以今天最苛刻的眼光去看，许多家具设计制造得也无懈可击。而我们今天的思维为什么都被限制得只能复制前人的作品呢？

当我看见本书封面时才茅塞顿开。一件圈椅靠背板，镂空塔刹纹，逆光如初升之日，光芒四射。佛家之塔，塔之宝刹，北魏杨炫之说："宝塔五重，金刹高耸。"一把黄花梨椅子就让我们看见了"金刹高耸"。我们以为今人能俯视历史，看见了那么多的宝贝，知道了那么多的思想。谁知在这样一把椅子面前，当一缕智慧之光力透椅背继而穿透历史之时，我们才知道应该仰视，因为塔刹在此，必须顶礼膜拜。

本画册文图皆美，颇具匠心，在众多的家具图册之中让人眼前一亮。书之好在于有观点，不人云亦云，拾人牙慧。摄影撰文两者合一，最大程度地表达了作者的意图和才华。细细读一读文字，品一品图像，再沏上一杯茶，就知道文明既有正面的阳光普照，还有黑暗中逆势而来的一缕暖光。

深夜之烛，远胜艳阳。是为序。

2012.3.6

——本文原为杨波、邓雪松

《贞穆堂明清家具撷珍》序

古人的情趣及憧憬

人类早期的艺术追求中有一个不可或缺的因素——乐趣。乐趣是支撑人类文明的动力。今天的人类在感谢祖先的同时,一直都在寻找祖先乐趣的证据,这个证据很多时候对我们非常重要。

我们通过证据可以精确了解祖先的生活轨迹,了解文明的进程。在文明的进程中,除去金戈铁马的战争,就是平和恬淡的生活。恬淡的生活之暇,古人将人生的情趣及憧憬融进陶瓷小动物之中,以填充精神需求,从高层次的含义上讲,是社会学的精神表达。

这种表达,就不仅限于乐趣了。

在中国古代陶瓷收藏领域里,夏德武先生的收藏独辟蹊径。集个人之力,经过多年的努力,终成这样一份收藏,并初成系列。难能可贵的是,他在收藏过程中,注重研究,并有考证,让人钦佩。

雕塑艺术在美术史上的地位仅次于绘画。如严格区分,硬质材料的创作为雕,软质材料的创作为塑。陶瓷是由软及硬的材料,其特殊性使艺术创作的空间加大,变得灵活。当古人发现这种灵活特性时,创作变成了精神寄托。每一个对生活有所追求的人,都可以在这个艺术空间畅游。

我们无法知晓这些不具名的艺术家。他们把当时对生活的理解、企盼融进陶瓷动物玩具之中,强调精神的追求。这种追求,

扫一扫，听我讲本文背后的故事

充盈在中华文明几千年的宝库之中，让后人多一份享受，多一份敬意。

国人的雕塑史，不在乎形似，在乎神似。我们自古就缺乏科学解剖精神，故对形体准确与否并不在意。但国人以人文精神为本的哲学追求，反映到一个小小的陶瓷动物之中，仍可以看出东方文化的美学含义。

这种美，可意会不可言传。正是这种美，教会了国人尊崇"老庄"哲学，以自然为贵。

相信读者高明，能理解生活的乐趣。每一个人都是大师。

是为序。

2007.12.16 于观复斋
——本文原为夏德武《中国古代陶瓷小动物》序

隔着时空与古人沟通

陶瓷的初始目的只作为容器存在，而容器是文明程度的精确代表。在此之外，陶瓷还以独特的成型能力制作塑像，作为容器的补充，为文明进程增光添彩。

瓷塑由软到硬，一旦烧制成型便不能再更改。它与雕像的创作理念不同，不做减法，而是无中生有，随心所欲。捏塑心目中的形象实际上是在寄托自己的情感，所以我们看到这些人物形象，都能准确地表达那一历史时期古人的精神风貌。上古时期文明初始，人类表达自己乃最高精神境界的追求，这一点十分容易被后世忽视，所以早期陶制人物就显得弥足珍贵。中古时期由于农业革命的成功，由于畜牧业的发展，无论怎么改朝换代，人物塑像都在反映那个时代特性：汉之欢快，唐之开放，辽之向往，宋之安逸，金元之世俗，都在借用人物无言地诉说自己所处的时代。近古时期，手工业及后来的工业迅速演进，将瓷塑变成信手拈来的寄托，陈设也罢，亵玩也罢，有无精神已不再重要，关键在情感的宣泄。

凡此种种，如观者能细心揣摩，都能隔着时空与古人沟通。人物的表达比动物高出一筹，就在于人与人可以无限度地沟通，可以有限度地理解，这就让古人没有白辛苦，让今人有收获。

六年前，我曾为夏德武先生写过一篇序文，那是他收藏的古代陶瓷小动物。今天又看到他收藏的古代陶瓷小人物汇编成

· 028 ·

册，欣然再次作序。这两本图册联系起来，可以看到古人在陶塑上的全面追求。尽管这类偏门的收藏及研究在过去属小技，难登大雅之堂，而在我看来，正是这些独门小技，才构成中国文化的洋洋大观。

是为序。

2014.2.12夜
——本文原为夏德武《中国古代陶瓷小人物》序

粥鼎相随朝复暮

在所有的治家格言中，朱柏庐先生的治家格言流传最广，他开篇即写道："一粥一饭当思来处不易，半丝半缕恒念物力维艰。"由此可见粥饭丝缕对传统的中国人有多么重要。

农耕民族天然对粮食注入情感，所以才说衣食父母。诗人李商隐曾写过："粥香饧白杏花天，省对流莺坐绮筵。"粥在诗人心目中的地位排第一，物质享受与精神追求并存。

粥为米熬制，最为养人。古语中"粥"与"鬻"通假，音育，意为养育，后字义被引申为卖。古人养育儿女，喝粥乃良方上策。

扫一扫，听我讲本文背后的故事

粥熬制随意，又易吸收，凉饮热喝两相宜，故粥曾长久为农耕民族的主要餐食，养育了我们这个有着十几亿人的大国。

罐为瓷器的主要造型之一，本用于储物，有带盖、无盖两种。而粥罐必定有盖，便于保温。这种广口大腹之器容纳有度，进出便利，用于盛粥算是民族发明。它在明代后期突然大量出现，成为一种饮食器的时尚，与明末江南富庶地区追求生活美器的风潮吻合。粥罐在此时融进了民族餐饮之器，风靡后世四百余年。

四百年来，粥罐仍保持了基本形态，变化只在微妙之中，装饰随风尚变换，造型据功能改进，准确地反映了瓷器的时代审美，一步不落地跟随着陶瓷生产的节奏。青花、五彩、斗彩、粉彩、墨彩、浅绛乃至清末的水彩，甚至新中国成立后的各类新彩都在粥罐上有所反映，记载百姓的喜好和梦想。

这是一份不经意间保留下的文化宝库，少有人开掘。高长生先生历几十年搜集不辍，方蔚为大观。这类收藏其实乃收藏的本意，专注一物，方可大悟。

悟出道理则让生活变得有乐有趣。乐者，欢喜，乐此不疲；趣者，志向，趣味相投。我猜高长生先生的乐趣大致如此，持之以恒地做一件事，将名利置于脑后，学问渐渐就置于头脑之中了。把心得记录在案，苦中得乐，得乐成书。于是就有了这本史无前例的《中国瓷粥罐集珍考》，把窄门类做成了宽学问。收藏真谛无非是大处着眼，小处着手。高长生先生深谙此道，有成就非天赐，更非偶然。

是为序。

2017.8.22 夜
——本文原为高长生《中国瓷粥罐集珍考》序

宣德炉，与文人雅士交相辉映

中国人对铜的认识在明朝宣德年间发生过一次飞跃。在元朝之前，中国的铜不讲究纯粹，多是一种含锡含铅的合金，习惯上称之为青铜。大约从夏代起，青铜器作为中国古代社会标志性成就，使我们告别了石器时代，跨入青铜文明。

青铜文明对中华文化影响至深。国人在很漫长的时间内，对青铜文化顶礼膜拜；甚至进入铁器文明后，仍未能割舍对青铜的情感。东汉以后，青铜文化日衰，仅剩铜镜一枝独秀；进入北宋，国人第一次回顾历史、注重收藏时就著有《考古图》（吕大临著）、《宣和博古图》（宋徽宗敕撰）等专业青铜书籍，将青铜文化推至不可逾越的高度。那时，藏家对铜器的乐趣还停留在红斑绿锈之上。青铜由于耐腐性差，常常锈迹斑驳，甚至面目全非，侥幸的遗存成为精神上的寄托，让国人知道了"礼之用，和为贵"。

跨过了元朝游牧民族铁骑横扫的年代，明朝又回到了农耕文化的安逸文明。大明永乐船队远航的风帆，将所到之处的风土人情带了回来。暹罗国王在宣德三年进贡大明国风磨铜数万斤，拉开了中国铜器"文艺复兴"的序幕。

在此之前，中国人从未见过如此精良的铜，精炼若干次，灿若黄金。宣德皇帝高兴地下令将宫廷礼器全部重新铸造，仿照《宣和博古图》的式样，首批铸造各式香炉18000个，以示对宋代文化的尊重。这本身是一种无声的怀念，目的在于续燃汉文化生生不息的香火。"大明宣德炉"在这样的文化背景中诞生，名噪六百年，从未间断，延续至今。

中国的青铜文化至此逐渐走远，黄铜以其优良品质登上历史舞台，宣德炉作为名角功不可没。自宣德起，宣德炉的铸造与仿造竟成了千古之谜，那些铸造精良、皮色优美，声音悦耳的香炉美轮美奂，迷住了一代又一代藏家。

刘锡荣先生偶然与宣德炉相遇，一发不可收拾。不仅收藏，还深入研究，著书立说，续写了宣德炉的童话。这么多精美优良、形状各异的宣德香炉，在分散后又聚在一起，聚在一起又成书遗爱，让人相信世间凡事都要有缘分。锡荣先生与宣德炉缘分不浅，我一饱眼福在先，欣赏之余，写下赘言。

谨以为序。

2009.8.20 夜
——本文原为刘锡荣《钟鼎茗香》序

扫一扫，听我讲
本文背后的故事

宗古人之妙法，探宣炉之真谛

将收藏作成学问，先得有兴趣，后得有耐心。古人染收藏癖好以来，收藏者众，绵延不断；著书者寡，凤毛麟角。纵观宋代以降的收藏专著，首推吕大临，其著作《考古图》为考古学开山之作。欧阳修的《集古录》，赵佶的《宣和画谱》《宣和书谱》，以及南宋赵明诚的《金石录》，也都为宋代收藏做了最好的注脚。而元明清三朝与之相关的著作有量没质，多为人云亦云，不追究深度。

收藏之所以能给后人留下一份财富，就在于集文化于一身。宝物聚聚散散，古人为此没少感喟。历史上哪一部皇皇巨著也未能把收录其中的宝物看住，多数时候连宝物的去向都不甚了了。但文化的集结，却能形成一种力量，这股力量可以传达，可以延续，可以让后人知道收藏成为文化后的魅力。

收藏的分门别类自收藏之初就已定型，金石、古玉、绘画、法书、陶瓷、织绣，按传承、按工艺流传有序。以门类而论，大项自古研究者趋之若鹜，但有大成就者寥寥；单项则入易出难，多为浅尝辄止，不做深究。宣德炉自明宣德一朝问世以来，一登场就获满堂彩，为此著说者不能算少数，但总有局限。

汇总局限，让局限不再局限，正是本书作者刘锡荣先生的初衷。按说《钟鼎茗香》已获出版，多数著者都会偃旗息鼓，马放南山，但锡荣先生却一鼓作气，继续写作《钟鼎茗香（二）》，

将有关宣德炉的古今文献汇集，融进自己的新鲜感受，粲然成书。

过去此类图书多洋溢着学究之气，求稳求重，不惧生涩，其读者对象也仅考虑学者，算是同行交流，江湖论道。而《钟鼎茗香》两部著作不仅仅以图示人，作者还将自己的收藏心得写成诗词收录其中，甚至将保养使用之法也一并昭示。尤其第二部，作者把历代宣炉文典考证，著文收录其中，功德无量。另附"赏炉八箴""炉事十谨"，也看得出作者对宣炉的挚爱。

我曾为《钟鼎茗香》写过序，讲了宣炉及中国人用铜的历史，讲了宣炉至高无上的历史地位。事过两年，锡荣先生又将《钟鼎茗香》第二部呈在我眼前。我年轻时做过编辑，深知一部书的下部比上部要难很多，但锡荣先生知难而上，内容也更上一层楼，那我也就乐意为此书再多说几句。

谨以为序。

辛卯仲秋
——本文原为刘锡荣《钟鼎茗香（二）》序

淬火涅槃，惊艳世界

将一门传统的手工艺刨根问底弄明白是我非常愿意做的事情。中国传统工艺门类中，大项诸如陶瓷、玉器、家具、漆器，包括雕塑，都可以追根溯源，少则有几千年的历史，多则有上万年的历史。我们从出土文物中常常有惊奇的发现，有时会将某一门手工艺的历史向前推进若干年。

可作为我们的国粹——景泰蓝的历史证物少之又少，多少

扫一扫，听我讲
本文背后的故事

年来也不见墓葬里有出土，甚至景泰蓝究竟出自元朝还是明朝都搞不清楚。这样一件奢华的艺术品在中国近古史上少有记载，如果有也都是只言片语，语焉不详。中古及远古史上就更不见任何文字记载，显然景泰蓝这门工艺是从异域而来。

　　但它为什么又那么中国呢？至少从英法联军攻入北京那年，西方人就对中国宫廷的景泰蓝作品垂涎三尺。1860年起，景泰蓝的流向非常清晰，流向自视清高的欧洲，也有部分绕道又去了美国。景泰蓝在历史之河的流动中，带动了东西方人的艺术认识。西方人认为景泰蓝代表着中国的宫廷艺术，而我们也坚定认为景泰蓝就是我们的国粹，代表着皇家的审美。

　　如果真是这样，景泰蓝的历史为什么会是那么既近又远，非常不清晰呢？在此次追根溯源中，我们花费了许多精力，查阅了大量资料，基本厘清了景泰蓝——掐丝珐琅艺术的发展脉络。这门起源于欧洲，发扬光大于中国的艺术，清晰地印证了中国文化的包容性，证明了中国文化在此项艺术下的健康发展。让一棵移植来的树枝繁叶茂，中国文化似乎更有能力。景泰蓝就是这样，进入中国七百年后，许多国人也不知它早年如此丰富的经历了。

　　这本图册以十二课的形式面市，实际上它真就是有十二节大课。在日新月异的现代媒体的进步中，我第一次尝试这类视频加音频再加图书的传播形式。课备得非常辛苦，但乐趣亦在这辛苦之中。古人说不冤不乐，欢喜的就是这种状态。

　　谨以为跋。

丁酉初冬

——本文原为马未都《景泰蓝前世今生》跋

三百六十五天，天天有喜

收藏有多种境界，持之以恒算一种，一掷千金算另一种，另辟蹊径也算一种，不同境界都能有所收获。至少三十年以来，收藏领域的诸多成功者都沿着热衷的道路渐入佳境。

收藏行为本是一种物质加精神的综合追求，它在不同时期会满足人们不同的生活取舍。这个过程往往从物质开始，在不知不觉中滑向精神；当精神占了主导之后，收藏就会显得其乐无穷。这一点非亲历者不能感受，翻开这本以"喜"字为主线的日历书，这种感受扑面而来。

三百六十五日，三百六十五页，三百六十五件，这些物品有古有今，大至清代大床，小到妇女发簪，凡民间结婚喜庆之物，都纳入书中，让今人知道了过去的喜是双喜，双喜才是真正的喜事。

喜字按《说文解字》解释：乐也。乐者，五声八音总名。五声：宫、商、角、徵、羽；八音：金、石、丝、竹、匏、土、革、木。两者均出自《周礼》。五声八音囊括了肉声的直接表达和器乐的间接表达，而这一组总和就叫作"喜"，可见古人对喜之重视。

喜字何时作为双喜字"囍"在婚庆时出现目前尚不确定。相传宋人王安石洞房花烛、金榜题名双喜临门，他一高兴就在一斗方上书写了一个大大的"囍"字，使这个新创的装饰字流入民间。但民间文物似乎不支持这个说法。明代以前的文物上从未发现有"囍"字出现，到了清代雍正年间，相关文物上依然是单"喜"字；大约到了乾隆中期，"囍"字才登堂入室；进入嘉庆道光时期，"囍"字以风靡之势迅速普及朝野，尤其深受民间喜爱。凡结婚之庆"囍"字铺张，以致无"囍"不成婚庆，这种社会形态沿袭至今。

这本日历书中的"囍"字都是清中晚期及之后的用品，陶瓷为最大宗，衣服等织物最为普及，首饰挂件作为补充。另有日用品从各个角度说明了"囍"在每个年月的重要性，将其个人庋藏展示给公众是藏者有心有意，也是一份坚持。

扫一扫，听我讲
本文背后的故事

我与本书藏品的收藏者王艳平认识三十多年了。我还清楚地记得我在她上学的北京舞蹈学院门口等她走出胡同的那一刻,她顺光走过来,我逆光看她,她身上罩着一层光晕,亭亭玉立,那一年她还不到20岁。后来我看过她出演的《天鹅湖》中的白天鹅,看过她跳过的现代舞——拉赫玛尼诺夫的《前奏曲》。几十年交往时密时疏,直到有一天她送给我这本书,我才知她为收藏付出过如此的努力。

　　我们每个人的人生都有一个轨迹,这个轨迹无法事先预设,即便事先预设,也未必能走好,甚至未必能走下去。艳平的收藏另辟蹊径,以"囍"字入手,注重国人的喜庆文化,以一个女子细腻之心,将自己人生的轨迹清晰画出,在自己获得满足的同时,又满足了这个社会。

　　值此书再版之际,我以老友之谊写了如上文字,虽迟些仍兴奋。这个时代只要有心,就可以将不可能变为可能,此书的收藏即为例证。

　　谨补为序。

2015.12.24
——本文原为王艳平《囍:天天有喜》序

工艺之光

中国封建社会有着两千多年的辉煌历史，比欧洲封建社会长了一千年。除去自给自足的自然经济这一基本条件，手工业发达是其重要原因。手工业不单满足了百姓的物质需求，更重要的是还要满足他们无尽的精神需求。历代工艺，集天下能工巧匠之大成，皆以精绝为乐事。

古人发现，这种情趣的培养在于长久地积累。一块圆润的玉石，穿孔以系，佩带于身，精神力量随之而来。文人与工匠深感责任重大，构思愈发开阔，工艺愈发慎重。久而久之，操刀不辍的工匠们，使工艺成为生活中的艺术。

金属工艺，首推青铜器。前辈收藏大家，言必称三代青铜。商周春秋战国，有多少故事至今仍被后人津津乐道。而唐宋元明清，金属工艺也花样翻新。金银铜铁，不论贵贱，经工匠锤鍱錾镂，亦为生活添彩。

玉有"五德"：仁、义、智、勇、洁。成语曰：宁为玉碎，不为瓦全。足见古人赋予玉的高尚品格。中国玉是中国人独有的文化，文人殚精竭虑，工匠穷极工巧，使玉演变为一种精神力量的象征。故古人谆谆告诫："君子无故，玉不去身。"

中华民族历史上改变过起居习俗，由席地低坐转为垂足高坐。视野随之变化，高型家具应运而生。中国古典家具的设计原则是尊严第一，舒适第二。两者发生冲突，舒适让位于尊严。

扫一扫，听我讲
本文背后的故事

这个精神核心是古典家具至今仍受到社会尊重的根本。

竹木牙角，凡可雕镂之物，皆在古代工匠刀下重获生命。文人的寄托，使之成器。还有漆器、玻璃器、珐琅器以及小不盈握的鼻烟壶，都为绚丽的古代工艺抹上重重一笔。

中国古代文人同工匠一道，思想加手艺，释放出耀眼的光芒。这智慧之光成就了后人生活的优雅。而今天，当我们面对先人众多精美绝伦的遗珍时，除去敬畏，还应心存一份感激。

——本文原为《观复图录1》序

收藏之乐

准确表达收藏这种高尚的乐趣是件困难的事情,每一个有幸与收藏结缘的人或多或少都会获得这种乐趣。在和平富庶的年代,这种乐趣会伴藏者一生。即便世道变故,回忆还可以帮你把早年的乐趣变成晚年的乐趣,这就是收藏的魅力。

宋徽宗(1082年—1135年)显然获得了这一乐趣。他以一国之君的权力使收藏第一次成为国家行为。成立画院,研究古物,编纂图书,网罗天下珍奇,以示范性的效应影响后世一千年。

一千年来,凡歌舞升平,物阜民丰的时代,收藏热就会一发不可收拾,遍及大江南北。上至王公贵族,下至凡夫俗子,皆以此为乐;以获得财产炫耀,以获得谈资社交,进而获得社会地位的提高。古董变成社会的花瓶,装点生活,教会人们珍惜生活。

每个朝代的收藏审美不同,乐趣就各有千秋。宋朝人的高雅来自政治上的开明。统治者标榜与士大夫共治天下,尊重文人,尊重知识。在北方蛮夷的重压下,宋朝人重文轻武,以柔克刚,依然使大宋王朝走过了三百年。

明朝是个充满了变数的朝代。从朱元璋(1328年—1398年)起,十七朝十六帝,每一个皇帝都有说不尽的故事。多数明朝皇帝都对政权轻视,更多关心声色犬马、美器长物。明朝可以炫耀的古物太多了,永宣青花、成化斗彩、嘉万五彩,还有那今天以最苛刻的眼光也挑剔不出毛病的明式家具。明朝人在宋

朝人收藏理念的基础上，发扬光大，推陈出新。读一读明朝人文震亨的《长物志》就感到了今人的浅俗，生发出对古人的敬意。

清朝我们太熟悉了。康雍乾三帝将中国封建王朝推上了巅峰。康熙二十二年（1683年）台湾收复后，中国疆土成为历史最大时期。至乾隆四十九年（1784年），乾隆皇帝第六次南巡，在杭州颁发《南巡记》。整整一个世纪，前无古人，后无来者。海内富庶，家给人足。今天可供我们收藏的大部分藏品都来自这个时期。

面对祖先遗留下的丰富文化遗存，在通晓与混沌之间，我们在恣意享受。享受文化的无穷魅力，享受收藏的无尽乐趣。在表达或传达这巨大幸福时，千万别忘记在心中为祖宗创造的灿烂文明点燃一炷香。

——本文原为《观复图录2》序

陶瓷之美

中国陶瓷的魅力早在北宋（960年—1127年）就备受朝野关注。文人在生活中观察并归纳出陶瓷之美，把她推崇至极高地位，官方予以确认遂极力推广。中国陶瓷美学的第一次高峰就在此时迅速形成。著名的汝、官、哥、钧、定五大名窑，以及广泛民间的磁州、耀州、龙泉、景德镇、吉州等窑系，将陶瓷之美表现得淋漓尽致，并影响后世整整一千年。

一千年来，陶瓷在文人和工匠的共同努力下，逐渐发展完善。元代以降，景德镇作为瓷都，地位显赫。青花、釉里红、颜色釉、五彩、斗彩、粉彩、珐琅彩，以及妙肖的仿生瓷，应运而生，装点古人的生活。陶瓷至此已成为大众的必需品。文人赋予她思想，工匠赋予她生命。这个原本仅与生活相关的器物，竟成了一代又一代人的精神追求。

在这片祥云的笼罩下，陶瓷功能由单一变得复杂，由实用趋向艺术。汉唐无法想象宋元，宋元也无法想象明清。当汉的辉煌、唐的张扬、宋的含蓄、元的舒旷、明的斑斓、清的华彰，一并呈现在我们面前，我们才知道自己仅是匆匆过客，但我们依然幸福。这种幸福，来自能面对如此丰厚的遗存，并有欣赏和选择的自由。

欣赏与选择，在今天已是易事。而上溯至鸦片战争，从那时起，贫困使中国陶瓷以奔涌之势涌向境外。洋人视中国陶瓷

为拱璧，敬若神明；而对国人，长达百五十年的痛楚，不堪回首。陶瓷无疑是中华民族最美丽动人的瑰宝，她包含着我们先人的智慧和勤劳，包含着先人们对生活的憧憬和向往。国人对陶瓷的亲近感，与生俱来。时值国泰民安，收藏热再度兴起，绝非偶然。

近些年，收藏需求急剧扩大，本图册就是见证。中国人以前所未有的高涨热情接受并享受这迟来的愉悦，把美不胜收的陶瓷放在历史从未置放过的高度，这是一个人、一个民族、一个国家成熟的表现。

而面对这笔巨大的兼有精神和物质双重性的财富，孰能平静？传统文化在创造财富的同时，教育了国人怎样去尊重文化、善待文化。陶瓷以她炫目之美，为世人增添愉悦的同时，更多的是增添了炫耀的资本。

——本文原为《观复图录3》序

捉刀代笔

瓷器的装饰手段很多，经后人归纳可分为若干：素器——以釉色或胎色作为表现形式；堆塑——手捏或模制，强调外形变化；绘制——在单一色地上用软笔绘制图案或文字；模印——按预先设计的纹样制模为范，效果盈润；刻划——用利器在平滑的胎体上刻划纹样，追求立体效果。再有就是多种手段并用，随心所欲。

刻划工艺是瓷器制作中出现得最迟但是成长最快的装饰手段，究其原因，制瓷工艺成熟当为大前提。刻划瓷器对胎体要求极高，厚薄均匀，易受刻划。再细分一下，刻与划受力不同，前者重，后者轻，所以早期陶瓷刻划作品以划为多，比如唐越州窑。

中国宋代以前的多数民间窑口，都试图使用过刻划手段。除汝、官、哥、钧官窑系统外，南方的越州窑、龙泉窑、饶州窑，北方的定州窑、耀州窑、磁州窑都曾以刀代笔，绘制江山。

用笔绘制瓷器的局限，是对胎土的白净度要求甚高。尽管北方的磁州窑工已广泛使用了化妆土，对深浅不一的胎体进行了粉饰，但仍抵御不了以刀代笔给他们带来的欢乐。在利器之下，原本平滑的胎体表面深浅有致，构成另一种风味。

越州窑。最早的刻划上溯到早期青瓷，记录文字当为首创。后来成熟的越州窑以细竹签精心刻划，纤巧细致，江南水乡的

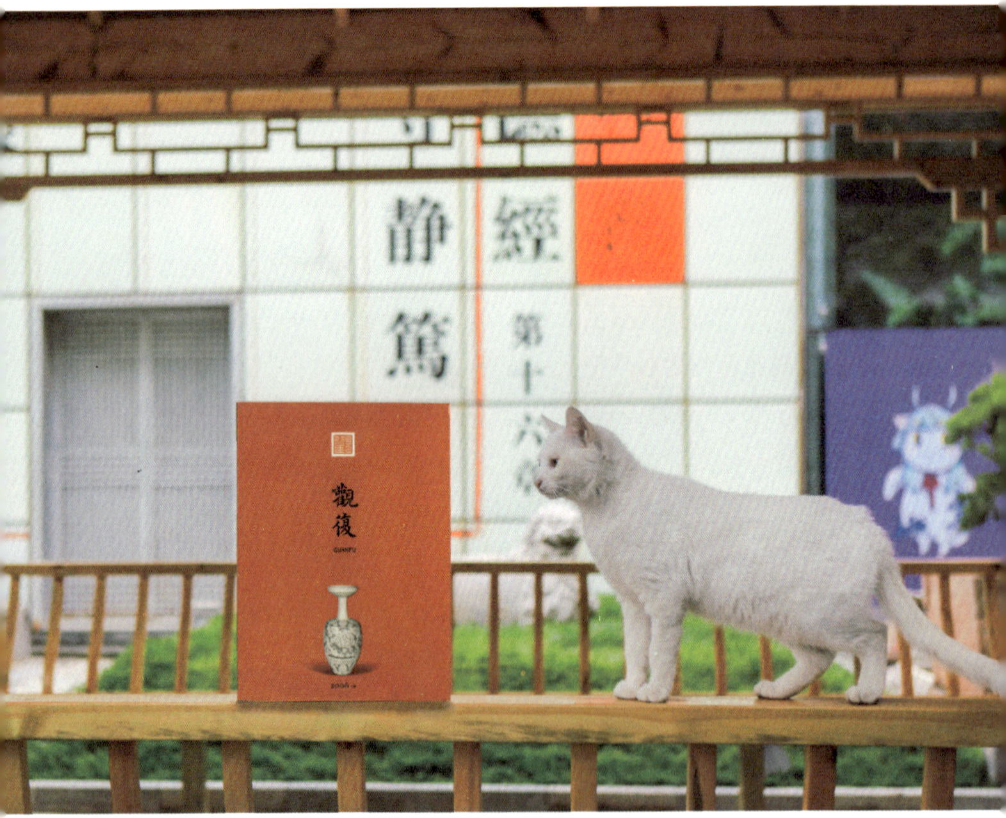

静篤
經
觀復

灵秀跃然瓷上。

饶州窑。宋代的饶州窑工不谙笔墨，刀法却透着娴熟，在薄如卵壳的胎体下，操刀游刃，无论人物花卉、翎毛走兽，都令人叹为观止。

龙泉窑。厚重的胎体成为窑工大显身手的场地，粗枝大叶，飞龙在天，罩上肥厚丰腴的瓷釉，含蓄地表达了文化的意图。

定州窑。白瓷动刀一开始显然是追求金属錾花效果，陶瓷的发展也得益于金属器的制作。以易碎的陶瓷乔装不易碎的金属器，定州白瓷当为第一。

耀州窑。耀州地处西北，民风粗犷，所刻瓷器也是刀刀犀利，干净利索，从不拖泥带水。看过西北人刀削面的操作，才能顿悟。

磁州窑。最为复杂的现象出现于广袤的华北大地——北宋时期的政治中心区域。今天所能看到的磁州窑系统纷杂的瓷器中，刀笔并重，风骚各领。

捉刀代笔。典自南朝宋时期刘义庆的《世说新语·容止》："魏武（曹操）将见匈奴使，自以形陋，不足雄远国，使崔季珪代，帝自捉刀立床头。既毕，令间谍问曰："魏王何如？"匈奴使答曰："魏王雅望非常，然床头捉刀人，此乃英雄也。""

此典用于瓷器装饰，亦出同一功效。

——本文原为《观复图录 4》序

时光技艺

远古时代没有时刻概念，日出而作，日落而息。尤其农耕民族，不大会计较时间的长短。中国人在三千年前的西周就开始使用一种计时工具——日晷，可至少六千年前的古巴比伦人已对它习以为常。

日晷利用太阳照在带有刻度的晷面，通过晷针留下的影子来计时，这是人类在天文领域的一项重大发明，对人类文明进程影响至深。当人类有了时间概念后，日子就变得具体。由于日晷受限于阳光，人类又发明了漏壶——由水流量测出具体时间。这一发明在日晷之后，二者珠联璧合，让古人在白天与黑夜中享受着时间流逝的快乐。

有意思的是东西方计时最初采用的都是二十四分制，即一日分成二十四等分。在中国，还有二十四节气。这一现象与人类的一般计数习惯不同。不以十进位制，使用显得不甚方便。人类的手指数为十，计数便以此为基准，但为什么计时弃十进位而使用十二等分呢？

古人观察到，地球绕太阳公转一圈大约365天，被称为年；月亮绕地球公转一周大约30天，被称为月。年除以月便得出了近乎12的商数，这也就是古人计时的初衷。西方人将12在一日内再次等分，昼夜24小时；中国古人将时辰仍按12等分，子、丑、寅、卯、辰、巳、午、未、申、酉、戌、亥，一说子午就知夜昼。宋以后，细心的古人再次将时辰分成时初与时正，恰与西制吻合。

唯独刻与时早期不同。早在周代，古人把一昼夜均分为一百刻，此时"刻"的本义就是在计时器上刻出标记，这种百刻制一直应用到汉代。隋唐以后，百刻制与十二时辰并用，换算变得十分不方便。中国人渐渐将刻与时结合，把一天的百刻制改为九十六刻，即每时辰八刻，时初四刻，时正四刻，每刻合西制十五分钟。

至此，国人与西人在计时理念上没有了冲突，都以12进位为基本原则，这就为日后钟表的风行打下了良好的基础。钟表是个外来概念，国人城居，自汉后就以晨钟暮鼓提醒时辰。不过汉魏时的晨鼓暮钟，唐时改为晨钟暮鼓，故唐诗中有"朝钟暮鼓不到耳，明月孤云长挂情"（李咸用《山中》）之句。宋以后晨钟暮鼓不仅为文人行文意象，也是百姓作息习惯的准则。

除天文计时外，古人为摆脱不便，期望物理计时。最早带有机械的计时器实物叫影钟，出土于3300年前埃及的法老陵墓。这种机械日晷后来被罗马人加以改进，成为便携式日晷。另外据法老的墓志铭记载，至少在3500年前就发明了水钟，与中国古代的漏壶有些类同。

由于西方机械计时器的出现较早，古希腊与罗马的贵族们就形成了极强的时间意识。柏拉图说律师们是"受水钟驱动而从无闲暇的人"。水钟的计时在希腊与罗马的宫廷中很普遍，用来限制发言者的滔滔不绝。而在那时的运动会上，水钟为径赛计时。

所有这些，都催生了纯机械钟的发明。摆脱水流产生的动力而设计完全机械的计时器是一个划时代的飞跃。这个飞跃完

成于公元十三世纪，那时正值中国金戈铁马的元朝。元朝人粗枝大叶的性格与机械钟发明者欧洲人（一说德国人）的矫情形成了鲜明对照。世界上有记载的第一个机械钟可能就在此时诞生于法国或意大利的教堂中，意大利诗人但丁的《神曲》中有过清晰的描述。

最早的机械钟结构复杂且体积庞大，只能用于公共环境之中，以至今天在欧洲各地都可以轻易看见各类不同式样的大钟，每每报时会发出悠长的钟声。作为家庭的日常配置，至少要在十六世纪之后,那时的德国工匠发明了发条,将钟表小型化并可以便携,这一发明让欧洲人具有了更强的时间观念。

从那以后,钟表一天比一天精致,成了欧洲人的骄傲。当欧洲渐渐崛起之时,他们开始把钟表带到古老而神秘的中国,向中国皇帝进献。那一年是中国明朝的万历年间,具体实施者是意大利传教士利玛窦。利玛窦的传教过程非常艰苦,1577年从葡萄牙里斯本出发,途经印度,至1583年才进入中国广东肇庆。后到过南京,又到过南昌,1598年到达北京,因故又返回南京。直到1601年,他才以近50岁的年龄进入紫禁城,见到了万历皇帝。直至1610年去世,葬于北京。

利玛窦给万历皇帝的见面礼单中有两架自鸣钟,一大一小,大的置于宫内专司报时,小的则由万历皇帝随身携带以解好奇之心。这是西洋钟自发明三百多年后首次进入中国,从那以后中国才知道和西方的差距。入清以后,康熙、雍正、乾隆三帝都对西洋钟表非常感兴趣,加之中国处在帝制的最后一个盛世,引进的与自制的钟表不胜枚举。直至民国,钟表才普及至平民百姓之家。

由此看来,钟表本不是国产之物,所以中国人对钟表的好奇超过收藏,对钟表的使用超过了解。民国以降,收藏家多如牛毛,但收藏钟表有成就者凤毛麟角,有研究者就更为罕见。

我友庆龙,年轻时喜欢音乐,远渡重洋,登上英伦三岛,日久生根,继而对中国文化、英国文化都有了解。随年龄阅历增长,对国人既熟又生的钟表渐感兴趣,遂加深研究,心得积累多多,收藏蔚为大观。我去英国旅游之时,庆龙如数家珍般地一一向我展出,兴奋自豪溢于言表。对于钟表,我是外行,在国内看见的图册不外乎故宫的皇家收藏,基本限于当年清朝外交的贡品；而庆龙的收藏，已构成西洋钟的历史脉络，让我们有机会欣赏到艺术与科学浑然一体的魅力。

对于异域文化，我的一贯态度是兼收并蓄、取长补短。要想深刻地了解自己，必须尽可能地知道对方。国人自古以来就缺科学这一课，尤其近现代的历史。由于我们长久的领先，让我们耽于养尊处优的乐趣之中，忘记了时间的存在。

西洋钟表的制作历史，对我们应有一个启示。

是为序。

2014.10.2夜

——本文原为庆龙《时光技艺》序

打眼，不冤不乐

打眼是古玩收藏之路的必修课。新上路者往往像一个踌躇满志的猎人，刚愎自用，趾高气扬，无视路途荆棘密布、野兽出没，满眼只有猎物，没有危险；而长途跋涉者遭遇过蛇咬，变得缩手缩脚，常怀井绳之虞。以愚之见，这门课程的复杂深奥超出任何初学者的想象。

在世界四大文明古国中，唯一延绵不绝的是中华文明。中华民族具有的文明史已逾五千年，况且今天许多收藏品还早于这个时代。各类新石器时期文化的证物至今还在收藏者中流传，传递着古老而诱人的文化信息。面对这样一个浩如烟海的庞大文物信息系统，每一个智者都渺小得不能再渺小，所掌握的知识再丰富也不过沧海一粟。文明的积累在此刻的力量，轻而易举掀翻任何蔑视它的好事之徒。

这个好事之徒就是我们自己。在物阜民丰的时代，收藏的乐趣在坊间传染蔓延，据古人之物为今人所有，此乐趣妙不可言。人性的弱点就在这妙不可言中一点点展现。面对诱惑，不再评估自己的能力，孤注一掷，以博弈心态上场，后果甘苦自知。

官方提倡的全国性收藏热自北宋、晚明、康乾、民国至今已是第五次，我们今天所能见到的历代仿品尽在其中。此次收藏热度之高、幅度之广超过历次。稍有不同的是作伪的质量，做套的手段花样翻新，前无古人。收藏本是个人与千军万马作战，

扫一扫，听我讲
本文背后的故事

不死已是英雄，别奢望再不负伤。负伤对一个明智的收藏者来说不是耻辱，而是一种光荣。

白明学兄将自己在途之伤展现于世，是他的高明之处。按旧时古玩的习惯做法，打眼后往床下一塞，眼不见为净，羞于见人。有勇气讲述自己可能被别人耻笑历史的人，尤其令我钦佩。不要说业余爱好收藏者，即便专业人才，即便国宝大师，打眼看错亦是家常便饭。几十年来，我经历、看过的不计其数。这个领域没有神仙。

私有意识出现于人类社会那一刻起，生活变得丰富起来，随之需要解决的问题是戒贪。人性的弱点是会被人利用的。防止打眼，戒贪极其必要，其次才是努力认真地学习各类知识。从这点上讲，本书的重要性超过了任何一本指示收藏的专业书籍。读者应该珍重白明先生的经验之谈、切肤之痛。勇于面对收藏之路的荆棘乃至陷阱，关键是事后的总结修正。读此书不单是听别人上当的故事，而且要弄明白人生的一个道理。

我说过，文化的乐趣是终生的乐趣。从这点上讲，打眼也是一种乐趣，体味痛苦，充实知识。古人云，不冤不乐，就是这个意思。

是为序。

丙戌大寒
——本文原为白明《打眼》序

敬畏

从容的告别

生命既是一个科学课题，又是一个哲学命题，而文学对此多有描述，构成世间百态。广义上讲，所有的文学作品都在探讨生命，无非直接间接罢了。即使如此，我们每一个人仍对生命充满了疑惑，生命的界限究竟在哪里？何为生，何为死，何为生死？

人类自有死亡意识以来，便开始追求永生，可无论科学还是哲学都告诉我们这没有可能。但人类并不以为然，仍孜孜以求地试图解开这一亘古谜题。

宗教在人类进入物质文明时代悄然诞生，它告诉人们在物质时代如何去对待生死，告诉人们灵魂可以获得永生。几千年来，凡虔诚笃信宗教的人对待生死相对都淡然，都有明确方向，都能适度获得解脱。

不论笃信宗教之人，还是无神论者，在生命的轮回中，作为个体都有一个实际问题——生老病死。除"生"这一项不由自己把控，其他三项或多或少都与自身相关。"老"是人生过程，风雨雷电与风花雪月是路途中看到的景态；"病"是人生感受，感受疼痛与难过是对比其他状态的幸福而言的；"死"是人生的科学终点，哲学起点，文学中的最重要一点。所以孔子曰："未知生，焉知死。"

活着要明白道理，方可充分理解死亡。在死亡面前，一切

扫一扫，听我讲
本文背后的故事

都归于零；在疾病面前，什么都打对折。谁大病一场若能逃离死亡，都会感慨万千，说出一些讲滥了的道理，讲一番重新审视人生的誓言；但如果不是从内心解决问题，用不了多久，一切照旧。

时间不会停下来，这是宇宙的本质。个人的时间可以简单地称为生命，它会一秒一分一刻一时一日一周一月一年地逝去，这一点上苍极其公平，没有贫贱，不论贵富。权力金钱在社会上的能量到了生命面前立刻柔弱无力，更多时候甚至可悲。

所以我们每个人都应该善待生命，尤其善待生命的后半程。当生命即将走到尽头之时，正确认知是减轻痛楚的法宝，知道真实结果会有解脱的快感。那么何为最后时段呢？跨过你所处社会的平均寿数，这时一定是生命的最后时光。

这一刻，体能与心理都会发生巨大变化。体能下降的节点首先出现在你不能按意志自由离地，即跳不起来了；紧接着就是你不能自由位移，移动开始要借助手杖甚至轮椅；再有就是健忘，疼痛也不请自来，一切美好的东西都存在于记忆之中，俗话说就是老了。

老了就要做本书提示的这种事——从容的告别。告别人生，告别世界；告别亲人，告别朋友；告别自己，让从来不见的灵魂有处安放，让自己有一个完美人生。本书作者肯·希尔曼是位重症监护领域的专家，有着悲天悯人的情怀，他以自身经历写下此书，举重若轻；加之苑东明先生信达雅的翻译，让此书读来饶有兴趣，掩卷后陷入沉思。

我们必须有勇气面对死亡，必须理智地探讨而不去回避这一话题、课题、命题。古人说得好："虽死之日，犹生之年。"这就需要境界，需要冷静，需要懂得并践行已知的道理。

"生者为过客，死者为归人。"唐代诗人李白在一千三百年前就写下如此认知，虽为长诗中的一句短句，仍振聋发聩，醍醐灌顶。

是为序。

己亥夏至
——本文原为 [澳] 肯·希尔曼著；
　　苑东明译《从容的告别》序

记录过往，淡看生死

父亲去世的日子里，我才对生死有了切肤的感受。我轻易不落泪，那天捧着父亲的骨灰盒双泪长流。人生唯有一死真真切切，后辈既无法挽留，也无法给予补偿，只能捫膺长叹，体会生死离别之痛。

生与死是人生的大课，本人无法选择，也与本人意志无关。随着年龄增长，我能渐渐感觉到死亡的逼近。一个人活得再好再久，也是活一天减少一天，死亡虽不知哪天到来，但它一定在终点等着你。李白说得实在："生者为过客，死者为归人。天地一逆旅，同悲万古尘。"诗言志，亦可言情。

我写不了诗，但可以写文。写文悼念死者，算是给心灵一个慰藉，所以自父亲去世后，我开始动笔写悼文。那一年，我已过知天命之年。

自打为父亲写悼文开始，发现身旁去世的朋友忽然增加，年长年近年轻者皆有，常常让人猝不及防，一声叹息。别人的生死，实际上是自己的镜子，清晰可见。七情喜怒忧思悲恐惊，六欲眼耳鼻舌身意，五蕴色受想行识，四谛苦集灭道，无一不伴随人的一生，有的自我可以感受，有的则是旁观者清。

我年轻时喜动，好交友，忘年交，莫逆交，肺腑交，布衣交，管鲍之交，萍水之交，物外之交，患难之交，等等。与人交往乃人生第一快事，可以知人事，懂人情，晓人性。我们在人与人的交往中学习成长，相知相融，不论活得好坏，每个人都有属于自己的一生。

生死是个哲学命题。孔子说："未知生，焉知死？"庄子说："人之生也，与忧俱生。"孟子说："生于忧患，而死于安乐。"老子说："出生入死。"先哲们说得深奥且明白，但后人是否能活得明白，却是一生要面对的问题。活得明白，说易做难；大多数人出现实际问题时都有糊涂至少犹豫的时刻。我们的人生要明白什么？

首先要明白我们来到这个世界是个偶然。世界对你重要，你对世界并不重要。即便是历史上最伟大的人物，世界离开他也照常运转，何况我们一介平民。当我们偶然来到这个世界上，要珍惜自己，珍惜自己存在的意义。

其次要懂得人生是在活出一个道理。凡事都有潜在的规律，

扫一扫，听我讲本文背后的故事

不论你是否遵循这一规律，它依然会按事先的轨道运行。吻合规律就可以活得精彩，打破规律就会受到惩罚。明白人会借势而为，即使逆流而上。

再次要知晓生死有命，富贵在天。人生是有命数的，自己不知，不代表上天不知。每个人自打出生那一刻起，就开始了奔向死亡的目标。路途漫漫，荆棘密布，但一路会有风光，会有四季，让人领略生命之美丽，死亡之神圣。

我陆陆续续地写的悼文就是记载各色人生。这里有亲人，有名人，有素人，他们每一个人都与我或多或少地有过交集，养我教我帮我助我。记录他们是我对他们人生的最后一份感谢，人生就是如此奇特，阴阳两隔时，纸笔居然能尽情肆意。

如果天以假年，我会继续写下去并续集出版。首集写了二十五人，其中最重要的是我的父亲，他的人生第一张照片放在扉页，以纪念他对我和弟妹的养育之恩。

是为序。

辛丑二月初八
——本文原为马未都《背影》序

慎终追远，感悟生命

  《背影》出版后居然成为畅销书，这大大出乎我的意料。如今生活节奏太快，我原以为这类忆故怀旧的文章只有少数人喜欢，谁知社会物质富有，精神贫瘠，对待生死较之从前多了关心，这促使我加快了写作。

扫一扫，听我讲
本文背后的故事

第二辑照例收录二十五篇，依旧是亲人、名人、素人格局。亲人《姥爷姥姥》算是追忆，落笔时久久沉浸于回忆之中，十分想念那种久违了的社会亲情；各类名人中有大众熟知的公众人物，亦有行业翘楚，一方领军人物；至于素人，只是我的朋友，交情深浅不一，思念侧重不同。

文章千古事，对于死者，是一种怀念，更是一份感激；感激有缘的过往，人海茫茫，有擦肩回眸之刻，已是上天垂青了，况萍水胶漆乎；对于生者，有一些启示，多一些劝慰，让你我都感悟生是偶然，死是必然，我们只不过在偶然和必然之间谋求幸福，追求快乐，且还躲不开苦难与郁闷，所以每个人都要慢慢体会孔子说的："生死有命，富贵在天。"这并不是去迷信般地听天由命，而是应该知晓生命的规律而不违天做事。

我会继续写下去，每一位逝者都会给予生者一种启示，继而成为某种奇妙的幸福。慎终追远，光前裕后。

另外一篇是写猫，猫的江湖与人无异，甚至比人还精彩，附录于后，以资比较。初版序未作改动，谨补几字，是为序。

癸卯芒种

——本文原为马未都《背影 2》序

两个黄鹂鸣翠柳,唐诗要读三百首

唐诗成为中国文学的最高峰不是偶然的。在先秦诗歌、战汉辞赋、六朝骈文等文学形式的滋养下,唐诗由古风入律,细致分韵,注重平仄,讲究对偶,凡技巧皆日渐成熟且运用得当。诗风强调自然,诗意追求深远,故有唐以来,唐诗无可争辩地站上文学高地,傲视古今。

文学是人类精神生活的奢侈品,自有文学以来,变幻多端。它需要依附于某种形式方可更好地表达。诗经、楚辞、汉赋、骈文、唐诗、宋词、元曲直至明清小说,文学形式一直求变求新,试图开拓更广泛的市场。这其间至中古盛唐之际,唐以绝句律诗风靡朝野,光芒四射。

大唐三百年并未出版过诗歌全集,宋元明三朝只借势借光,也未将唐诗整理大全。到了清康熙时期,康熙帝才下诏编纂《全唐诗》,并亲自作序,"得诗四万八千九百余首,凡二千二百余人。"至此,唐诗虽有统计,但此数量无论是诗还是诗人,于唐朝均百不足一二。即便如此,唐诗如同王冠上的宝石,璀璨夺目。

中国字一字一音,有平仄,有音韵,极适宜作诗。上古的《诗经》以及汉魏的五古,都已将汉字作诗表达得十分充分。可到了唐代,文人不满足古体诗的自由,开始追求增加自我限制的近体诗,绝句律诗诞生,此举大大将诗歌创作推至高原,居高

扫一扫，听我讲
本文背后的故事

临下，广袤无垠。

  由于近体诗的限制恰到好处，从初唐起，至盛唐兴，绝句律诗成为唐诗的主流。近体诗的规则难易恰当，使用时既极具挑战性，又具趣味性。其格式与规则要求平仄有致，对仗工整，一韵到底，这些严谨的规则并没有限制住诗歌的创作。反倒激发了诗人的创作欲望，让唐诗极大地繁荣，选入科举，普惠民间。

  与其他艺术相比，唐诗极大地承担了社会责任。它既有"国破山河在，城春草木深"的感怀寄志，又有"床前明月光，疑是地上霜"的怡情小调。前者忧国伤景，念亲悲己；后者望月思乡，有家无我。唐诗以其广阔的题材展现了唐代上至皇亲国戚、王公贵族，下至庶民百姓，贩夫走卒的千姿百态，构成了生动而不可或缺的历史画卷。

  于是编纂一本唐诗读本就一直困惑着历代文人。直到清代乾隆年间，进士孙洙，以蘅塘退士为名编纂了《唐诗三百首》。这一版本务实通俗，老幼咸宜，自出版后风行一时，流传甚广，至今无一本唐诗集录能超越它。《唐诗三百首》收录诗310首，涉及诗人77位，其中古体诗、近体诗兼顾，五古七古，五绝七绝，五律七律基本均衡，这些看不见的编辑思想，正是《唐诗三百首》成功秘诀。

唐诗擅长写景："两个黄鹂鸣翠柳，一行白鹭上青天。"亦擅长写情："春蚕到死丝方尽，蜡炬成灰泪始干。"唐诗可以言志："黄沙百战穿金甲，不破楼兰终不还。"亦可以寄情："洛阳亲友如相问，一片冰心在玉壶。"大唐三百年，诗无处不在，其繁荣之盛，普及之广，流传之久，对中华文化的贡献厥功至伟。

所以《唐诗三百首》不仅是读诗写诗喜诗赏诗的范本，也是学诗的必备。俗话说：熟读唐诗三百首，不会吟诗也会吟。此"吟"当作"讲"。蘅塘退士编纂初衷仅是为孩童学唐诗开蒙，谁知此书问世二百年来风行不减，成人读本也未见有逾此书者，雅俗共赏，老少咸宜，成为最有价值的唐诗读本。

《唐诗三百首》作家榜经典文库版由谢有顺先生重新评注，丝丝入扣，这对于关注唐诗的读者是件天大的喜事。

是为序。

己亥初雪日
——本文原为清·蘅塘退士《唐诗三百首》序

国人不可不读的经典

国学大师陈寅恪先生有句结论性名言:"华夏民族之文化,历数千载之演进,造极于赵宋之世。"宋太祖赵匡胤登基之始就制定下"重文抑武"的治国方略,奉行文以靖国的理念,使得大宋王朝终结了晚唐五代以来的武夫专权的局面,让文化迅速走向繁荣。

在唐诗三百年兴盛的压力下,宋词别开生面,一反唐诗追求的规整,以其长短句的抑扬顿挫,将人们最为复杂的世间情感渲染,融入曲调,便于吟唱,为喜爱风花雪月的宋人平添生活乐趣,而这乐趣又加强了宋词这一独特文学形式的表达,让佳作频出,名篇传诵。

其实,词在隋唐早已有之,曲在词先,《敦煌曲子词》即为例证。填词作诗——一填一作至今仍影响着中国的诗词文化。唐诗限于格律,无中生有;而宋词制于曲牌,有中生无。某种意义上讲,宋词更像一种文字游戏,在有限的空间内发挥无限的想象,让同一词牌展现完全不同的艺术风貌,所以就有了豪放派、婉约派,有了阳刚与阴柔之美,有了恢宏大气的"大江东去,浪淘尽,千古风流人物",也有了"莫道不销魂,帘卷西风,人比黄花瘦"凄凉寂寥的心境。

宋词可以"老夫聊发少年狂,左牵黄,右擎苍",为社稷,更为江山;也可以"问君能有几多愁,恰似一江春水向东流",

扫一扫，听我讲
本文背后的故事

有心声，也有哀怨。宋人在其三百年间，依宋词而活，把个人的喜怒哀乐，把国家的枯荣兴衰，都通过宋词表达，传唱民间，言以足志，文以足言，以至宋亡八百年来，大多数人都是通过宋词来了解宋朝的。

唐诗由于格律之限，多善于表达情绪，不长于表达情节；而宋词的长短句及曲牌的优势，可以让情绪与情节兼顾。所以宋词中表现的小景比比皆是："蹴罢秋千，起来慵整纤纤手。""蓦然回首，那人却在，灯火阑珊处。"宋词侧重的情节，上接唐诗之不足，下启元曲之绚烂，由情绪—情节—故事，一路走来，让世俗的需求变成大众的消遣，成为酒后茶余的谈资。其实，文学本身具备双重属性，一是钻入象牙之塔，二是沦为市井文化，这无所谓高低，有所谓宽窄；就低攀高，出窄向宽可算一条通衢。

《全宋词》编纂晚于《全唐诗》，荟萃宋代三百余年能搜集到的词作约两万首。凡两宋词人一千三百三十余家，常用曲牌超过一百个。这数量对于一般读者则高山仰止，令人却步。喜早年有上彊村民者，劳心勠力，费精耗血般地探讨增删，编得《宋词三百首》，效法《唐诗三百首》，让诗与词双璧生辉，成为国人不可不读的经典。

《宋词三百首》作家榜经典文库版由姚敏女士重新注释，是喜爱宋词的读者的福音。

是为序。

戊戌冬至
——本文原为清·上彊村民《宋词三百首》序

慈悲与智慧

　　公元前五百八十八年,佛祖释迦牟尼在菩提树下悟道成佛,由此为东方后世思想打开了一扇窗。两千六百多年来,佛教为无数信众免除或减轻了各类苦痛,让他们的人生多了一层高尚的意义;与此伴生的是各类相关造像的出现,在传达佛教思想的同时,还表达了各时期各民族的艺术成就。这类佛造像生生不息,受地域、年代、民族等诸多因素的影响,形成了迥异的艺术风格。

　　这就是今天我们在世界佛教圣地或博物馆内看到的美不胜收又神秘莫测的佛造像艺术。佛造像不限于佛,包括菩萨、大成就者、上师、护法等一系列作品。它们在历史上肩负着各自的责任,回答善男信女的疑问,解决大千世界的苦衷。

　　佛,亦称佛陀,意为觉者,觉悟者。狭义指释迦牟尼,广义指所有觉悟者;由于佛陀的本义是福德和智慧修行圆满者,故成为信众的一生追求。在这样的精神内核指引下,佛本尊造像都在不遗余力地传达其精神,看透人间的本质,逆其突兀,顺其自然,在祥和的外表下,传递可知及不可知的精神力量。

　　菩萨,是菩提萨埵的略称,意为觉有情。菩萨尚未成佛,以智上求无上菩提,以悲下化芸芸众生。作为佛的弟子,菩萨势众,初为三大菩萨——文殊、普贤、观音,后加入地藏、弥勒,依次代表大智、大行、大悲、大愿、大慈，这些信众容易理解的信仰，支撑着社会架构，让其能扛风雨雷电，抵御冰雹霜雪。菩萨在历代地域不同的造像中，多以善意示众，发愿四弘：无边众生誓愿度，无尽烦恼誓愿断，无量法门誓愿学，无上佛道誓愿成。故信众对菩萨有更多依求，菩萨则以各类形态教化众生。

上师，佛学之师，汉传佛教称和上，也称和尚；藏传佛教中又称喇嘛。这些师者慈悲高尚，智慧无上，传授功德，引导弟子，将佛法透过自己的言传身教，扩大延续佛教精神；上师必备大悲心，博学广闻，又相续清净，通达显密，方成为信徒无上权威之师。在藏传佛教中，上师门派自立，五大派别——宁玛、萨迦、噶举、噶当、格鲁各具教义，其门派分支众多，故上师就多，每尊上师造像都源于彼时彼地修行成果的真人，故上师造像个性化强，生动感人。

护法，顾名思义是佛教的护法者，亦称护法神。佛陀担心末世时会有人诽谤正法，破坏寺塔，遂派请四大弟子，十六罗

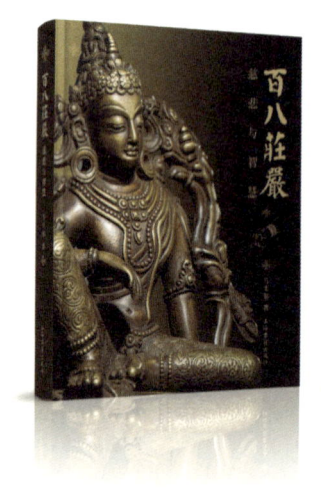

汉护持佛法，护法者指受佛敕，不入涅槃；后梵天、帝释天、四天王、十二神将、二十八部众等神皆愿加入护法队伍，再后随入的护法诸神，来源多途，不再限于善神，各路凶神、恶神皆能加入。护法神不仅护持佛法，还要保护众生，以息灾、增益、敬爱、降伏四大功能济世，深得信众信服。

佛教诞生两千五百多年来，东汉传入中土，在汉传、藏传、南传、东传的不同路径上，吸纳了各地域文化特性，将佛教造像塑造得多姿多彩，风格迥异。

汉传。单指中原沃土成长起来的大乘佛教，以显宗示众，大约在汉朝由西域传入。东汉永平十年（公元 67 年），汉明帝梦见金人，遂遣使者去西域迎高僧，用白马驮经载像回到洛阳安顿，白马寺即成为汉传佛路起点，这一年也是佛教传入中土之年。从此，佛教在中原扎根，其艺术表达千姿百态，尤其直观之佛像，日渐丰腴安详，端庄肃穆，成为信众仰视的对象。

藏传。由松赞干布迎娶尺尊、文成二公主起，遂渐在藏地形成，信奉佛法中的密宗；以十世纪为界，藏传佛教分为前弘期和后弘期，藏传佛教亦称喇嘛教，仪轨复杂，传承各异，表达也分为寂静善相和威严怒相两大类，各自表达不同且深刻的内容。由于藏传佛教由内地的文成公主和尼泊尔的尺尊公主各带一支，在藏地融合后体现了双方各自的特点，其艺术性极为独特，故西方学者称其喜马拉雅艺术。这类佛教艺术成就非凡，理解它需要深厚的功力。

南传。公元前三世纪，弘法使团将佛教传入斯里兰卡，故有学者认为南传佛教始于印度阿育王时期。南传佛教涉及中国云南、斯里兰卡、缅甸、泰国、柬埔寨、老挝等地，故而复杂多样，其教徒自称上部座。南传佛教强调自我禅修，戒定慧三法深入信众之心，南传各国对佛造像艺术的理解，融入各自的文化，使得南传佛教造像艺术大同小异，却个性清晰，学者一眼即可分辨出区域作品。

东传。佛教东传概念广泛，原指中国及日本、朝鲜，甚至包括蒙古、越南；还有一说，北传包括东传，除南传之外皆为北传。本文所指东传仅限于日本和朝鲜。日本佛教始于飞鸟时代，大约在六世纪；随后鉴真和尚东渡传授佛法，日本高僧空海又赴长安学习，渐渐形成了日本佛教的唐宋风格——凝重深邃，庄严素朴；而朝鲜却早于日本在公元三世纪传入佛教，当时朝鲜半岛还是高句丽、百济、新罗三国时代，随后在唐宋文化的强势影响下，朝鲜佛教不可避免地接受了中原佛教的艺术风格。

凡此四类佛教——汉传、藏传、南传、东传，尽管表相风格差异明显，但其教义宗旨指向一致。在传达佛教精神的同时，展现了不同地域工匠对佛像的理解，其目的统一，在艺术表达中弘扬佛法。

各类材质造像中，金铜材质表现力最强，它既不同石质材料以减法雕刻而成，亦不同泥质材料以加法塑造成型。它用铸造、捶鍱、錾刻、镶嵌、磨制、鎏金等多重工艺混合而成，在表达精神、展现艺术上凸显其手段高超，继而获得不同凡响的艺术效果。

本书收集佛造像一百零八尊，囊括佛陀、菩萨、上师、护

· 078 ·

法等全类别，上启十世纪，下至十八世纪，历经沧桑，云集于此，此乃佛界之幸，更是信众之幸。

是为序。

癸卯年四月初八日
——本文原为马未都《慈悲与智慧》序

于世俗喧嚣中，聆听梵音

当我们跨过物质的基本需求这一层面时，我们会有更多的精神需求；精神需求如果再细分一下，有思想之娱与灵魂之安。思想多数时会谋求快乐，理解与不理解都有欢娱之感；但灵魂不同，它和思想的差距在于灵魂的出现身不由己，不安为多，安详为少。

宗教的出现并不解决物质问题，也不去解决思想问题。如果你感到某一种宗教能解决你一点儿思想问题，那可能是一种错觉。宗教只为你的灵魂负责，不管你自己意识与否。宗教之所以伟大，就在于它不解决思想问题，简单的证据就是所有大学都不教授宗教，只研究宗教以及产生的问题。

佛教是宗教的一支，可以说是人类最古老的灵魂追求。从它诞生的那一刻起，它就罩着无尽的光环，寻求灵魂的安宁。佛教的追求都渐渐融入法相之中，肃穆、庄严、安谧、祥和都是后世赋予佛之法相的世俗之词。对于法相本身，则是实（体相）虚（义相）相融，不可分割。

所以当我们下意识地感到实虚相融的法相时，我们会莫名其妙地感动。这种感动深浅不一，因人而异。恰恰这种因人而异，正是佛教的伟大之处。不管它是一个整体，比如云冈石窟的昙曜五窟；还是一个残件，比如美国大都会艺术博物馆收藏的那只著名的佛手，都能打动甚至震撼跨过一千多年时空的我们。

扫一扫，听我讲
本文背后的故事

　　这让我们感喟自己的渺小无知，这让我们深深地渴望灵魂归来。至此我们才会隐隐感到佛教在中国近两千年来的重要性。这不仅仅限于艺术表达，但我们恰恰直观看到的都是艺术典范：十六国时期的沉静温婉，北魏时期的清秀淡然，北齐北周的绵长思索，隋唐时代的雍容大度。凡此种种，都是艺术在高超地解释艺术，但都不能完全解释表相之下的思想。

　　思想高于物质，灵魂高于思想，这是本书的宗旨。有可能作者本人没有这么想过，但我读此书时有这种感觉。尽管书的后半部有关于真伪的讨论，甚至涉及许多辨伪的术语，但作者在传达经验的同时，乏力解释术之外的道，这个"道"就介乎思想与灵魂之间，只可意会，无法言传。

  我与作者阳新并不相识，只是偶然的机会看到他的一篇文章。以我过去当编辑的职业敏感，认为他的文章与众不同，表达清晰且有个性，继而试图与他联系。后来好像过了一年，他突然在微信中问我，能否帮他的书写个序，我就说要先看看书稿。当我看到打印书稿《梵物志》时，回想去年的那篇文章已感到记忆模糊，唯独阅读的原始冲动感觉还在。这本书在传达最难传达的空灵的佛教本义，有态度，有实践，有文采，读之可以深深感受作者近乎痴的一种迷恋，而这种迷恋正是每一个成功者的必由之路。

  至此书稿我才知作者年方卅七，为此书成型已有十个寒暑。文章不疾不徐，老辣苦硬，让我喜欢。

  是为序。

己亥春分后三日

2019.3.24 夜

——本文原为阳新《梵物志》序

佛道相融不抵，散放文明之光

将释道两家造像合为一集，又做得如此精美的画册，在我有限的阅读经历中没有找出第二本。这本身是个新奇的想法，佛归佛，道归道，两千多年来，虽有摩擦但也相安并行；至少时至今日，佛寺与道观在中国大地上随处可见，信众顶礼膜拜，和尚与道士皆欣慰有加。

顶礼膜拜需要对象，国人自古物化，凡看不见的皆不如看得见的；对具象承诺期许比对抽象真诚踏实，所以偶像在释道两家应运而生。佛教入中国后迅速出现偶像，道教步其后尘；魏晋以后，佛之法相庄严肃静，曹衣出水，吴带当风，尽显艺术之张力；一入隋唐，道教开皇，老子李耳，唐室先祖，遂高祖李渊推行"道大佛小，先老后释"，尽管如此，仍阻挡不了百姓造佛造仙的热情。这种热情延续至今，虽有峰谷之别，绝无断流之时。尤其宋代以降，释道越发世俗，各自热衷自我表达，佛之佛陀、菩萨、观音，高僧大德都有造像光辉；道之神仙、大帝、天尊、三官八仙亦有偶像崇拜。中国人将其自我内心苦难的宣泄与对幸福的渴望全部融进对未来的憧憬，憧憬中佛道各占一席，因人信念不同，所占位置不同，继而重量不同。

这就是众多与之相关的造像诞生的缘由。工匠与发愿者一道，将其心目中的"像"尽可能完善，甚至达到完美。这完美包含的内容除去材质，便是手艺，更是思想。无论释道，无非

扫一扫，听我讲
本文背后的故事

在出世入世之间游走，当它们进出自由之时，艺术就自然而然产生了，偶像便有了灵魂，替人们安放内心。

于是佛用法相示人，普度众生；道以信仰化生，济世救人。让精神追求物化，让无相呈现有相，宋元以来释道造像不遗余力，以致我们今天在世界各博物馆以及私人收藏之中都可以很容易看到令人赞叹的宗教造像艺术。本画册只是个人倾力之作，但亦足以证明释道造像的艺术高超及二者之间的微妙关联。

这组收藏一反流行常态，屏蔽耀目的鎏金，只追求吉金朴素，以铜之质感加之几百年来的沉穆之色充分表达释道造像艺术的本意，注重精神交流，忽略炫耀传达，让艺术单纯，让宗教复杂。

本来，凡宗教造像都会有一套严格的度量标准，以备工匠造像之需，形成准则。宗教遵循造像法度，有意追求千篇一律，千像一面，目的是保证宗教信息传达时的准确一致性。宗教作为人类精神的最高诉求，传播教化的一致性极为重要。这一重任就落在了世俗意义最大的造像肩上，所以千百年来，无论何种材质，无论何种手段，面对伟大的宗教造像艺术之时，我们都只能顶礼膜拜。

北郊堂主人将十数年心血结集出版，又做展览以示公众，功德无量。尤其将释道金像集中一堂，让佛之断尽烦恼，道之清静无为；佛之承当觉悟，道之贵生济世；佛之究竟解脱，道之天人合一充分展示，多层面，全角度，佛归佛，道归道，佛道相融不抵，散放文明之光。

是为序。

己亥春分后四日

2019.3.25 夜

——本文原为北郊、王剑《释道金像》序

无门之门，敬畏之心

如果让我推荐一本读不尽的书，别无选择，我会郑重推荐老子的《道德经》。在一个人一生中的任何阶段，它都可以为你答疑解惑。你有多浅，它就有多浅；你有多深，它就一定比你深。有这样的书读，是一种难得的幸福。

凡写书者都会站在自己个人的角度，不论是讲述历史还是颂扬文明，不论是阐述哲理还是发出天问，著书立说者会以一己私利观察世界，得出结论。而老子却不，老子既不站在个人角度，也不站在他人角度，老子站在宇宙空间的某一点上，观察事物，思考规律。这就是老子的千古名篇《道德经》之所以高出常人的奥妙之处。

千百年来，没人能令人信服地清晰解释《道德经》，它"玄之又玄，众妙之门"的经典语言被世俗者随意挪作他用，合适也不合适。合适者，以其自身经历、阅历、思考、归纳，似乎开启了众妙之门；不合适者，如临深渊，如履薄冰，战战兢兢，诵读时如面壁倾听回响。以我辈来看，听伟人声音之回响已足够振聋发聩，无须奢望。

小松的《无门之门》自谦附会，我很能感受他那颗谨慎的敬畏之心。人以精神存在异于走兽，所以活得愉快，活得痛苦；且人之精神存在又有高低之分，高者智，低者愚，身为同类，因高低大异倍感生命价值不同。

扫一扫，听我讲
本文背后的故事

· 087 ·

生命价值不仅在生,更多在死,这话重了。无死就无所谓生,生不如死长久。生有阶段,而死却无,这就是宗教上死高于生的根本原因。生有灵魂,死亦有,且不失不灭。我们已多时对生死看法偏颇,缺乏宗教认知,缺乏灵魂救赎,颠倒生死,妄自尊大。

我们以为生在世上"性本善,性相近,习相远"。人不过是由于习性而改变。而宗教却时时警告我们,恶是魔鬼,道高一尺,魔高一丈。所以古人也说:"积善如垒土,纵恶似满弓。"思想只一次放松,恶就是离弦之箭,无法收回。所以要常念《金刚经》,常读《圣经新约》,荡涤个人之灵魂,抚平心灵之伤痕。

生在这个世界,每个人心灵都会受伤。我有,小松也有,受伤不怕,关键是如何抚平。青春作赋,皓首穷经。我和小松属同一代人,青春作过赋,昂扬激荡,"会当凌绝顶,一览众山小"。而此时,虽未皓首,却欲穷经,以期和光同尘。

2009.12.13 夜
——本文原为瞿小松《无门之门》读后

一本关于陶瓷的小书

我是一个极爱说话的人，一遇上知己就按捺不住地兴奋，想说。这有一个好处，一些原本在头脑中模模糊糊的东西会忽然清晰起来。这本书对于我来说不知能否算"著书立说"。

我对中国古代陶瓷一往情深，每获得一件新的藏品时总是乐不可支。这时候，藏品值多少钱是不重要的，价格不会影响我的审美。我诚恳地请大家相信这一点，值钱的东西可能是美的，不值钱的东西也可能是美的。这不能算是境界，而是一种痴情。在端详古瓷时，我常常产生幻觉：一个细雨蒙蒙的早晨，一个老者身披蓑衣，孙子紧随其后，走进窑场。坐定后，吸一口烟。他拈起笔，捧着素胎，沉静片刻，随即熟练地画上山水、花鸟、人物。画完，将胎翻转过来，表情依旧平和，淡泊地在胎底写上——大清乾隆年制。

问题在于，不光那老者一人，几乎所有的古代窑工都这么清心寡欲。他们没留下姓名，留下的是精神。我试图解释这种境界的成因，于是整天整天地对着古陶瓷发呆。

再说什么为时尚早。

王春元先生是我的挚友，很熟，无话不谈。出版这本书，是他们器重我，那我更当努力并感谢他们给了我这样一个畅聊的机会。

此书前年就脱销了，很多朋友向我索书，可我最后连样书

都借出去了。这种偏门的书有这么多人喜欢，实出人意料之外。值此书再版之际，又补充了一些，希望能对热爱传统文化的人有所帮助。一个国家，当百姓对收藏开始感兴趣或进一步热衷于此的时候，就说明已进入国泰民安的时代了。

能赶上这个时代真好。

感谢读者阅读此书。

1997 年 4 月
——本文原为马未都、王春元《马说陶瓷》后记

大千世界，皆是颜色的天地

  换一种角度解释陶瓷的成因，是我长久以来试图做的。中国陶瓷太丰富了，五千年来一直伴随中华文明的成长。在整个成长过程中，陶瓷本身从内在到外在都有意想不到的变化，这些变化并不受单一原因的控制，也令人始料不及。

  陶瓷倚靠在中华文明丰厚臂膀上得天独厚，由一棵弱小的幼苗长成参天大树，枝繁叶茂，泽及子孙。我们不过是享受这福泽的后人，在懵懂中陶醉，坐享其成。

  《瓷之色》是一套书的开篇之作，写了一年，却想了十年。许多问题不是一夜想通的，积思顿释，功夫到了，总有一天恍然大悟，所以宗教给人的道理总是深刻一些。

  釉色是陶瓷的外衣。原始瓷器偶然沾上的釉点，启发了工匠的思路，施釉遂变成了主动追求。这一手段让陶瓷一天天地漂亮起来，也让陶瓷更加实用。陶瓷帮了古人多少忙啊，釉又帮了陶瓷多少忙，让陶瓷变幻多样，丰姿绰约。

  以陶瓷装饰来看，两大基本手段——釉色与纹饰是陶瓷之美的左膀右臂，前者抽象，后者具象。中国人历来的抽象都不去涂抹，仅借意念表达。颜色对自然对人工的表达都需借思维再现，别无他途。中国陶瓷自诞生以来，先借瓷釉之色充盈这个世界，解释这个世界；然后再去理解这个世界，表达这个世界。路途漫漫，途中又有纹饰诱惑，路分两条，在最宽广处只为釉

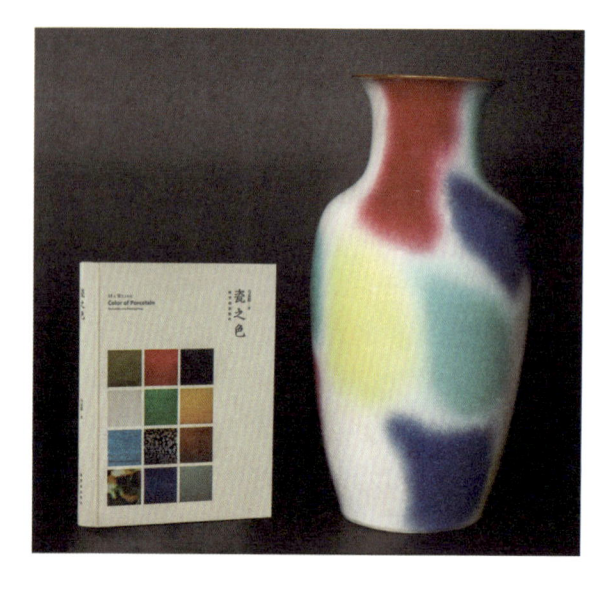

扫一扫，听我讲
本文背后的故事

色留下一条狭窄曲折之路，难走却可通衢。

所有这些，我在写《瓷之色》时都切身感受到了，许多时候兴奋得难以入眠。前人的聪明才智不动声色，让白作为起点，黑作为终点，五色杂陈其中。实际上，这个大千世界无论是人为的天地，还是自然的天地，都是颜色的天地。

陶瓷文明是中华文明最丰富的一支，强而有力。千百年来，它无时无刻不在证明自己的能力，最终代表了中国（China）。这是一个奇迹，一个国家荣誉让一个器物（china）膺荷，身后需要蕴含多大的文化含量！而在文明进程中，有多少障碍需要跨过，有多少困难需要解决。知难而进不仅仅凭借勇气，还要有智慧和信心。陶瓷正是这样，既然替中国人来了，不枉英名，挫锐解纷，和光同尘。

2009.11.10 夜
——本文原为马未都《瓷之色》跋

千文万华，星汉灿烂

中国陶瓷的纹饰自宋以后才渐入佳境。早期彩陶的纹样多在传达人类文明童年时的幻想，稚嫩朴素。商周乃至汉朝，陶瓷纹饰倏然放弃了画笔，选择了利器，刻划成为主流，模印也加入装饰手段，让陶瓷表达思想开始借助形象，继而抽象。此时的陶瓷纹饰理念显然受高一等级的青铜文化的影响。

三国两晋南北朝时期陶瓷偶见绘制纹样，至唐才在南方最不传统的烧窑地区——长沙异军突起，其纹样蔚为大观，惜唐代主要窑口的南越北邢都以素器著称，长沙窑的情感表达遂湮没在历史的长河之中。而随后到来的宋，陶瓷美学分野，朝廷崇尚色泽，民间喜好纹样，富于创造性的中华民族由此时开始，真正将陶瓷装饰导入绘制的轨道，让纹饰与釉色一同炫美。

一千年来，陶瓷在世俗哲学的笼罩下涂涂抹抹，刻意与随意并举。纹样的表达比釉色的表达直接，凸显生命力的顽强。在农耕文化圈，在渔猎文化圈，在游牧文化圈，多类纹饰都旺盛地表达着自我，让情感不再抽象，层次丰富地再现那个时代、那个族群、那个个体的内心，让隔着时空的我们能够与古人沟通。

写《瓷之纹》比写《瓷之色》就多这一道世俗的解释。它不需要站在哲学的高度审视，只需深入其中拨雾现真。每一个人物、动物、植物，包括宗教、图案、文字都代表着或复杂或简单的社会含义。在一件人为创造的容器上寄托情感，表达愿望，

扫一扫，听我讲
本文背后的故事

继而形成一种独特的文化,此乃陶瓷的大幸。这个大幸还在于它积极融进了中华文化的滚滚洪流,不孤单却耀眼,虽独特又普及,让每一个中华子孙都能享尽其便,乐在其中。

《瓷之纹》也老老实实地写了一年,许多时候长时间坐在书桌前发呆。我最熟悉的陶瓷有时会因为深究忽然感到陌生,解释起来颇感费力。我无法把自己置于历史的任何阶段,但我又逼迫自己潜入那个时代窥探究竟。在陶瓷看似祥和美丽的身后,有着一层又一层的社会背景,文学的,美学的,哲学的,甚至玄学的,不定拉开哪一道大幕时你会豁然开朗,会恍然大悟,会知道追究与等待的价值。

陶瓷的价值自不待言,所饰纹饰的价值在于它让陶瓷千文万华,星汉灿烂。

2013.8.5 夜

——本文原为马未都《瓷之纹》后记

入艺术深处，悟根源之美

我们对美的追求究竟起源于何时，至今还是个谜。1933年，裴文中先生主持发掘了北京周口店的山顶洞人遗址，发现了大量的穿孔物，有兽牙、海蚶壳、小石珠、鲩鱼眼上骨等。显然，这些东西都是山顶洞人穿在一起并挂在身上的物件。按照今人的一般理解，这个行为已是我们对美的追求的初始。

山顶洞人也许一开始并没有这种世俗的考虑，他们开始悬物于身。可能是出于某种膜拜，也可能出于某种心灵上的恐惧；美这样一种抽象的高级心理活动对山顶洞人来说有些过于奢侈。但不管怎样，山顶洞人替我们迈出了审美的第一步，不管他们有意还是无意，这一步拉开了美的序幕。

实际上，我们对艺术和美是两种追求。美的存在抽象而不具体，艺术则必须依附某种事物具体存在。显然，艺术的出现大大落后于美的出现，尤其将艺术供奉于庙堂，则需要对美有一个全方位的认知。

华夏民族对美与艺术的认知，文字的出现是一个最重要的节点。甲骨文的确认非常迟，清末由金石学家王懿荣发现，距今仅一百多年，较之中华文明史的长度实在不值一提。甲骨文是中国最早的系统文字，非常成熟，点横撇捺，疏密结构，极具艺术之美，令百年来的所有书家神往。已发现的大约有四千多字，目前破译了两千多字。汉字"六书"——象形、指事、

扫一扫，听我讲
本文背后的故事

会意、形声、转注、假借齐备，直接证明了我们今天仍在使用的汉字一脉相承。

  由于汉字的出现，艺术就显得成熟而具体。无论是自竹简木牍而来的书法艺术，还是绘于岩石楚缯的绘画；无论是黄河流域的彩陶，还是楚国擅长的漆器；无论是商周庄重诡异的青铜器，还是两汉华丽精巧的错金银；无论是大名鼎鼎的陆机的《平复帖》，还是名不见经传的南北朝鎏金罗汉，这些都笼罩在汉文化的祥云之下，而汉文化的具象都可以透过汉文字的抽象表达，变得完美，所以才有了这本《根源之美》。追求根源之美本身是道难解之题，凡事找到根源后一切都可以迎刃而解。以汉字的演变为例，甲骨文—金文—大篆—小篆—隶书—草书—楷书，尽管变化万千，甲骨文与楷书之间仍然可以找出血脉关系。这层关系是汉字的灵魂，让汉字度过数千年长寿至今，让中华民族的子孙今天仍享受其利。

庄申先生乃庄严先生之长子。庄严先生当年于北京大学哲学系毕业后,为故宫文物南迁立下汗马功劳,我看电视片介绍他时感佩不已。庄申先生秉承家学,著作等身,为世界知名艺术史学者。此书写得通俗,凡120篇,涵盖中国艺术众多领域,纵横捭阖,从艺术到文化到历史到社会到宗教到哲学,凡此种种,积累成书,30年前于台湾首印,惜其生前未能见在大陆出版。

此次中信出版社操持料理大作在大陆出版事宜,并将此大作呈现在我案前,希望我能写序文为读者说明。我相信凡事有缘,多年之前,我曾与庄严先生之幼子、庄申先生之胞弟庄灵先生萍水相逢,把酒言欢一夜,其情其景历历在目。鉴于我对庄氏父子的敬重,受此重托,我虽欣然遵命,亦诚惶诚恐写下拙文。

谨以为序。

丁酉岁尾于北京
——本文原为庄申
《根源之美:中国艺术3000年》序

汉画无声，可知喧嚣

纸张发明之前，绘画大都是通过硬质材料传达的，从早期的岩画到汉代最为普及的画像砖、画像石。其实画像砖（石）仅是一个统称，无论是画是刻还是模制，汉代画像作品为后人留下了一座取之不尽的财富宝库。两千多年来，这宝库一直在传递着汉朝光辉灿烂的文化及内容丰富的信息。

这信息包罗万象，将一个中国人既熟又生的社会画卷展开，一点一滴地诉说着汉代的伟大成就，从精神上的谶纬之学、迎宾拜谒到物质上的庖厨宴饮、亭台楼阁，从娱乐上的六博对弈、乐舞杂技到技能上的射御比武、驰逐狩猎，我们欲了解汉代社会，再没有什么媒介比汉画像更能表达得直接准确了。换言之，只有汉画像才能将那个久远神秘的伟大时代再现。因此，我们深感幸运。

这种幸运在于，汉代那么多的无名工匠自觉不自觉地将他们所处的社会真实地记录在案，或用刀，或用笔，或用其他手段，记录他们的爱恨情仇，并让这些记录跨越两千年抵达今天，不走样地让后人欣赏他们的杰作，知晓他们的社会，理解他们的情感。

这就是汉代，莽莽苍苍，赫赫扬扬。汉代对中国的影响深远，我们的文字叫汉字，语言叫汉语，人数最多的民族叫汉族，这是我们文化的根基，我们的文化就是由此一点一滴积累起来

扫一扫，听我讲
本文背后的故事

的。汉画像是一部长篇多幕大剧，将汉代四百余年的风貌，通过小至一丛草、一棵树，大至一场战争、一个传说，全方位地记录。工匠们只顾肆意表达自己的情感，在阴间里穿梭，在神话里徜徉，在自己的天地里春种夏作，秋收冬藏。他们把汉代风貌事无巨细地记录下来，毫无保留地传给了我们。

我们今天看见每一幅汉画像都会很亲切，它反映的毕竟是我们祖先的生活啊！因为祖先们充实的每一天才让我们知艰难，知荣辱，知敬畏。尤其看到这些汉画像神奇地聚在了一起，我们才知道为它做什么也不会多余。

我与张敦先生素昧平生，极偶然的机会他送给我几张汉画像砖拓片。后来他携大作来北京找我聊天，我翻阅书稿时深知他的不易，业余收藏、研究并做出如此成就，必然穷半生之力，辛苦自知。尤其他又处于基层，收集资料多有不便，把文章写得扎实又充满情感，只有真心热爱者才能如此。我主动提出为他的新书作序，他听后欣然，我亦欣然。

汉画像在中国古典美术中地位举足轻重，对后世产生了极大影响。它是汉代艺术的百科全书，又是先秦与中古的节点，承前启后，重任担当。先秦之百家争鸣的氛围，大汉之后的独尊儒术，都可以在汉画像中捕捉到，这信息对于解释我们这样一个延续了五千年之久的民族极为重要，也是必需。张敦先生身体力行地以个人之肩负起如此重任，着实令人感佩。

古人说："聪者听于无声，明者见于无形。"汉画虽无声，可以知喧嚣。

是为序。

丁酉秋
——本文原为张敦《聆听汉画》序

版画中的帝都温情

国人对版画的认知大都通过年画。北方天津的杨柳青、山东的潍坊；南方苏州的桃花坞、四川的绵竹、广东的佛山，这些都是历史上久负盛名的年画产地。有些历史可以上溯到宋代。

这些充满乡土气息的作品，肆意表达着一种文化气息，或欢愉，或虔诚。在新旧交替之际，注重情绪表达，强调身份认同。由于版画可大量复制的特性，其传播范围之广，涵盖了所有可及之处。

实际上，中国的古代版画分为两类：年画和版画。后者在明末清初的江南十分流行。明代的话本小说流行之时正是中国古代版画的黄金时代。这一类版画忠实地记录了那个历史时期的风土人情，其文物价值很多时候大大地超过了当时的文字记载。

中国古代版画都是刻在木版上的。而欧洲人在十四世纪发明了铜版画。铜版与木版制画相比，表现优势显而易见。极细的线条构成丰富的表达能力，从粗犷到细微，能做到游刃有余。

正是依赖这种优势，欧洲铜版画在明代传入中国。特别是到了清康熙晚期，由意大利传教士马国贤操刀主持的铜版画《御制避暑山庄图咏》，掀开了中国宫廷版画新的一页。随后的乾隆时期，清宫的每件大事几乎都有铜版画做出记录而名垂青史。《平定准噶尔回部得胜图》等鸿篇巨制，让清代为疆域而战的搏杀历历在目，声犹在耳。

扫一扫，听我讲本文背后的故事

  这种无与伦比的客观记录功能正是版画的魅力所在。呈现在读者面前的这本《京华遗韵》版画集是李弘女士几年的心血之作，读之使人慨然。

  我们究竟了解我们自己多少？这些版画或多或少可以告知我们历史的真相。它不动声色地记录了北京四百年来的朝野景象，让后人能看到历史的变迁，尤其是逝去的文化。

  铜版画本来是西人的专属，曾在康乾盛世时为清宫服务，珍本仅在官内流传。而此书中有些不受皇家制约生活小景，正是西人窥视我们历史的真切一瞬，当年也曾是西方人了解中国的窗口。

  《京华遗韵》图之美丽难以言表，文笔平实而感人。它把当年西人的想象与现实的差距、今天我们的想象与古代的差距汇聚一册，让西人了解美丽的古国，让今人了解勤劳的先人。

这些，由一个女子以其坚韧不懈之力，涓涓汇成溪流，润万物于无声，让我们这些坐享其成者真切感到她的拳拳爱国之心，也感到版画文化的特殊魅力。

是为序。

2007.10.31 夜
——本文原为李弘著；[英]马思齐译
《京华遗韵：西方版画中的明清老北京》序

庄敬中正，坐以修身

为坐具单独出版一本书是因为坐具在中华文明起居史上的重要地位。席地而坐的起居方式曾长时间地主导中国人的生活。中华文明形成的初期，低坐深刻地影响了中国人的思维，让古人习惯以低角度观察社会，得出结论。

中华民族是极为宽容的民族，永远以一种愉悦的心态看待

扫一扫，听我讲
本文背后的故事

外来文明。在这块富饶与贫瘠共生的土地上，农耕文化曾反复被游牧文化、渔猎文化侵扰，许多时候甚至结下怨恨；但农耕文化笼罩下的先民仍以宽厚的襟怀，接受并享受外来文化带来的便利，不疾不徐，在生活中逐渐改造了它，使之深深地烙上自己文化的烙印。

在历史的推进中，先人把其他文明的长处化为己有。中华民族海纳百川的心态是世界上任何一个民族都不及的，所以时至今日，全亚洲地区只有我们一个国家彻底告别了席地坐，其他国家依然不同程度保留了低坐的习俗。

我们的观念改变着我们的行为。坐具的产生一步一步地走完了演进的文明之路。这本书留下的只是证据，证明我们的民族在这条路上走得艰辛，走得快乐；走得坎坷，走得幸运，让我们在两千年之后有机会回顾自己的起居方式，感受古今文明的差异，体会先人生活的难易。

　　——本文原为马未都《坐具的文明》后记

本书初版曾于2009年问世，此次再版修订，加上了与时俱进的短视频。上海古籍出版社为之操心勤力，让书以新面目呈现，令人欣慰。今天重读本书，仍有新鲜感，可见中华文化之魅力。

再版补记。

2022.07

百盒千合万和

盒子在容器中存在一种特殊的神秘,所以每个人看见时都抑制不住地想打开看看究竟。古人在盒子的设计和制造时并没考虑这些,只是为了使用的方便,将盒子制造得五花八门,令人目不暇给。

本书分为上下两册,以材质分类。上册遴选了一百个陶瓷

扫一扫,听我讲
本文背后的故事

盒子，自唐至清，横跨千年，没有间断；下册集其他门类的盒子，也是一百个，基本上也是按材质分类，只是镶嵌一类过于漂亮，不忍将其散融在其他门类中，只好另集一类，想必读者可以理解。

我们面对这些小小的容器，体会着古人历经千辛万苦的发明。我们不一定能够充分理解古人的意图，我们看到的往往是表面华丽，体会的却是多年之后的世俗快乐。

这种世俗快乐几乎人人都有，它会传递、感染别人。其实正是这样，千年以前的古人，在制造一个小小的粉盒时，想的无非是为一位仕女涂脂抹粉，没承想小盒子跨越千年，具有了生命，让不可能看见它的后人们看见了它，那它比它的同伴幸运，我们比我们的先人快乐。

感谢观复博物馆的同仁们加班加点的努力，感谢紫禁城出版社的编辑们尽职尽责的工作。二百件盒具，一千年历史，和谐于此，正扣标题：百盒、千合、万和。

谨为后记。

2009.7.16

——本文原为马未都《百盒千合万和》后记

解读我们的文明成因

我们了解历史一般通过两个途径——文献及证物。

文献的局限在于执笔者的主观倾向，以及后来人的修饰，因此不能保证客观真实地再现历史。

证物不言，却能真实地诉说其文化背景，描述成因。文明的形成过程是靠证物来标定坐标，汇成进程图表。

此套书共四册，分为家具篇、陶瓷篇（上）、陶瓷篇（下）、杂项篇。在《百家讲坛》播出时受时间限制，此为全本，未作删节。全书系列，从当今百姓喜爱的传统文化入手，试图解释我们的文明成因，展现文化魅力。只要你对文物乃至文化有兴趣，读此书一定乐趣无穷。

这个乐趣是你熟知的文化带给你的，并不是我。

2008年1月

——本文原为《马未都说收藏》自序

扫一扫，听我讲
本文背后的故事

薪火相传，延续文明

我试图以通俗的方式来讲述历史，颂扬文明。《百家讲坛》给了我机会，并提供了这样一个极为广阔的平台，使我得以展现个人近三十年的积累。

我们文明的魅力很难用语言来表现，无论是谁，在浩如烟海的中华文明面前，都显得渺小和微不足道。

但我仍努力去做了。这要感谢《百家讲坛》的魏淑青主任、制片人万卫先生，他们的肯定，给了我信心；还要感谢编导马琳、那尔苏、张佳彬，他们的具体工作使讲座增色。

感谢中华书局的顾青先生，责任编辑梁彦先生，在本书的出版编辑过程中尽心尽力，尽职尽责。

我还要感谢每一个为传递文明火炬不计荣誉的人，正是他们，使我们灿烂的文明得以延续。

戊子岁首于观复博物馆
——本文原为马未都《马未都说收藏》后记

新瓶旧酒，温润醇厚

我录《百家讲坛》之际年五十有二，自觉已经老矣。年轻时头脑清晰、口若悬河的状态一去不复返了。人生最佳口语表达状态应是四十至五十之间，我是过来人，方有此悟。

今偶见当年录像，发现日月如梭。仅六七年时光，人又老了一截，虽不算垂垂老矣，但再无风华姿态。所以古人老是谆谆教诲年轻后生，要珍惜时光。

我如年轻时能再刻苦多读些书，如年轻时能将经典烂熟腹中，今天一定不是这个样子。中国的经典，在汉之前已完成，诸子百家都在那一段时期发出耀目之光，照耀后世几千年。这之后，凡学者皆大儒，只做仰视之释，强调身体力行。

扫一扫，听我讲
本文背后的故事

艺术在此氛围下忐忑前行，少有创新，多在追摹。仔细想想，汉以后的各类艺术多以先贤的创造为蓝本，明式家具的框架简洁与战汉时期家具栏栅结构同刮简洁之风；宋元明清的许多陶瓷经典造型在商周战汉已蔚为大观。玉器的制造，就算再改朝换代都会保留高古的符号。至于竹木牙角器，虽为雕虫小技，也都尽可能地向远古文化靠拢，表达敬意……

凡此种种，构成中华文明的洋洋大观。追求物化的中华民族，继承着先贤的思想，满足于安逸的文明，将生活一点一滴地美化，让我们看见文明的延续。

新瓶旧酒，越发醇厚。谨为典藏本序。

2013.8.15
——本文原为马未都
《马未都说收藏（精装典藏版）》序

累积

观复猫钻进古画探玄机

中国画在概念中先是一幅山水画，远山近水层峦叠嶂，丈山尺树寸马豆人，似有一番规则；后是一幅花鸟画，翎毛走兽花草鱼虫，残花败柳红树春枝，尽在笔墨之中；最后才是人物画，士子仙人僧侣俗众，虽出现得较山水花鸟早，但其数量远逊于二者，并于后世逐渐式微。

这是一个极为奇怪的文化现象。究其原因，可能是因为人物画肩负的社会责任较重。古时朝代更迭频繁，风云变幻之际，人物画较山水花鸟创作意图明确，会招致不必要的麻烦，故历代文人开始寄情于山水，娱乐于花鸟，山水花鸟画渐渐成为中国画的主流，自娱自乐，讲究气韵笔墨，忽略社会意图，构成蔚为大观的艺术画卷。

而人物画则由早期的劝善戒恶的故事，渐渐注重人物思想情感的表达。尤其魏晋之后，人物画一度贴近玄学，进入宗教，将思想解放，把控人物的脉搏。到了隋唐五代两宋，中国人物画忠实地记录了这一阶段历史的流变，留下了具有现实意义的不同而生动的历史画面。进入明清之后，人物画写真写实多了起来，尤其记录皇家生活更是一份重任，喜庆场面、吉祥节日无不在画家笔下定格。

《观复猫：中国古画有玄机》系列就是基于这一史实而二度创作的。中国人物画历来主张以形写神，形神兼备；又主张

扫一扫，听我讲
本文背后的故事

画中人物要有教化之用，无论是记录，还是纪念，抑或供奉借鉴，人物画都要肩负社会重任，"留乎形容，式昭盛德之事；具其成败，以传既往之踪。"

既然古人指出了人物画的特性，《观复猫：中国古画有玄机》就紧紧地抓住了这一点，将中国古代著名的人物画梳理一遍，遴选其中53幅，几近包揽了中国历史上最有名的人物画，让观复猫天团中适合画中角色的猫馆长替换上场，扮演古代人物，重新演绎这场历史大戏。无论是《步辇图》中的唐太宗接见吐蕃使者禄东赞，还是《韩熙载夜宴图》设家宴载歌行乐；无论是《簪花仕女图》中雍容华贵的唐代美人，还是《月曼清游图》的文雅秀丽的清代仕女，观复猫都以谐谑的态度登场，博得观者欢心，放达豁然无隐。

在二度创作中，观复猫煞费苦心，请出观复博物馆收藏的历代文物，巧妙地与古画的时代氛围契合。这些文物的出现，从某种意义上讲，既增加了历史的真实度，又增加了可信度，让观复猫扮演的历史画面更加贴近当今的读者。同时，又邀请猫以外的小动物客串角色，调剂画面，两相得宜。

观复猫作为观复博物馆的使者，这些年没少出书，书分三大类：插画类、漫画类、摄影类。三类图书各有所长，相得益彰。其中，插画类细分为两种，一种是无中生有的创作，一种是有中生无的二度创作，此书则为后者。二度创作既给了作者创作空间，又要囿于原画的格局基础，所谓戴着镣铐跳舞，难度可想而知，而画者檀仁的兴趣则在难度。

子曰："温故而知新，可以为师矣。"这本小书就是这个意思。

是为序。

辛丑小暑
——本文原为《观复猫：中国古画有玄机》自序

原来历史如此有趣

  观复博物馆与"凯叔讲故事"合作出了一本适合儿童读的历史书《凯叔讲历史》,凯叔用几百个独立的故事串起中国五千年的历史,观复博物馆又精选了几百件文物,来辅助说明历史故事发生的背景。为了让孩子们愿意听,特意通过观复猫的嘴讲述,这让这本书变得生动起来,孩子们也喜闻乐见。
  观复猫是观复博物馆养的一群猫,每只猫都极具个性,各司其职。它们在博物馆里迎来送往,与客人们尤其孩子们每天

扫一扫,听我讲
本文背后的故事

发生不计其数的故事。观复猫与主人与文物之间，多年间形成了极好的关系，将文物变成与孩子们沟通的桥梁，让他们在参观读书之余，领略中国文物的博大精深，体会中国文化的玄机奥妙。

为儿童做文化产品，尤其做书十分不易。长年以来，我们的教育形成了一个刻板的印象，打破这一印象需要新理念，需要所有人的共同努力。"凯叔讲故事"的团队利用讲故事的先天优势，讲述中国悠久的历史；观复博物馆的团队也整合了文物资源，将深奥难懂的文物抽丝剥茧，通过观复猫的口，一一展现出来。这一优质组合非常难得，也正是目前社会所需要的。

由音频故事升级为系列图书，让历史和文物变得直观，并可以随时翻阅，加深印象，这对孩子们无疑是个天大的好事。去历史的长河中畅游，在文物的森林里采撷，保持学习的兴趣，此套图书身体力行，捷足先登。

是为序。

戊戌春
——本文原为凯叔《凯叔讲历史》序

呆萌而有文化的猫

观复博物馆里生活着一群观复猫，它们各司其职，每天接待来自全国各地的客人。观复猫是个大家庭，它们与主人、客人以及文物之间形成了一层微妙的关系，这关系给我们带来了许多意想不到的欢乐和故事。

猫是人类最早豢养的动物之一，由人类的帮手逐渐成了生活的陪伴；它一开始只帮助我们解决物质问题，后来帮助我们解决精神问题。全世界的爱猫者是一个庞大的团队，他们在救助流浪猫、普及养猫知识上不遗余力，这才让我们过上有猫陪伴的悠闲生活。

猫的敏锐让人类多了一份思考。观复猫的猫馆长们就荣膺了讲述历史故事和知识的责任。猫馆长们工作在博物馆内，每天接触文物、回答观众的问题，在工作和生活中积累了许多中国传统文化知识。"学国学，爱文化"已成为观复猫馆长们的自觉，它们还愿意将学到的文化和掌握的知识，向小同学们传播，于是就有了这套饶有趣味的《观复猫小学馆》丛书。

我年轻的时候入职中国青年出版社，与中国少年儿童出版社毗邻。我在出版社工作的日子里有了孩子，从孩子的学习生活中感到传统文化的重要性。没承想后来做了观复博物馆，更没想到的是博物馆无意间养了一群观复猫，后来都成了博物馆里的猫馆长。

扫一扫，听我讲
本文背后的故事

　　猫馆长们责无旁贷地肩负起传播中国传统文化知识的责任。它们希望和小同学们一道，慢慢地深入了解自己的传统文化，渐渐地建立民族认同感，只有这样才能增加文化自信心。这一点，走过来的马霸霸深有体会。我们中国人在世界民族文化之林，最引以为豪的就是我们五千年绵延不绝的文化之脉，它坚韧而刚强，博大而精深。要深刻了解她，就必须从小接触。中华文化浩如烟海、文雅深厚，有观复猫引路、马霸霸助力，小学馆的同学们定能感受"潮平两岸阔，风正一帆悬"的佳境。

　　《观复猫小学馆》丛书的出版是中国少年儿童出版社与观

复博物馆碰撞出的火花。观复猫的大家庭愿意鼎力相助,将中国传统知识分门别类,让每个猫馆长领衔一册,以漫画形式让该图书不仅适合孩子们,还适合家长们,当然也适合一切热爱中华传统文化的人们。

从某种意义上讲,以漫画形式讲述中华传统文化的《观复猫小学馆》是一个文化创新,也是我愿意为此努力的初衷。

是为序。

戊戌清明假期

——本文原为马未都《观复猫小学馆》丛书前言

国宝 100，件件精彩

国宝一词是个特别宽泛的概念，以至辞书的定义都语焉不详。一般来说，国家的宝物就可以称之为国宝；百姓的理解稍稍有点儿差异，叫作国之重宝。文献上第一次使用这词的应该是《左传·成公二年》："子得其国宝，我亦得地。"这里说的"国宝"按杜预解释为"甗磬"：甗为食器，磬为乐器，物质与精神的双重享受。

国宝一词在文物收藏领域有着最高等级的含义。邻国日本对其文物定级标准"国宝"即为最高等级。我国虽没有依此定级，文物最高等级被称为"一级甲等"，但民间甚至专业人士也愿意习惯称之"国宝"，通俗易懂，简单明晰。所以这些年由于国学热的兴起，导致文物热跟随，各类涉及国宝的节目如雨后春笋，一夜破土。

我们进入了媒体时代，怎么做一个立体的国宝作品呢？让书籍、视频、音频三者同时开花结果。经反复研讨，决定将"国宝"的命运与时代的变迁结合在一起，在讲述国宝故事的同时，说明其存在的道理；在说明其道理的时候，不忘文物自身的知识；让喜爱者在阅览故事的愉悦之中，得到审美的提升和品位的改变，所以选择哪些国宝就成为重中之重。

这 100 件国宝经反复甄选，囊括中国传统文化的全部精髓，既有中国人引以为豪的玉器、陶瓷、青铜等工艺重器；又有竹

扫一扫，听我讲
本文背后的故事

木牙角器等无所不包的"雕虫小技";既有法书、绘画完全精神享受的抽具象艺术,又有湮没在历史长河之中的精拓残碑。总之每一件入选的国宝都可圈可点,都有精彩可人的地方,都是历史遗留的馈赠。

中华民族有着数千年的文明,每个历史时期都有文化的证物,这些证物都清晰地标出了历史的标高,表明文明曾经的高度。无论采用什么材质,贵如黄金也好,贱如泥土也罢,创造出的文明价值在于一个民族对自己的总结以及对未来的憧憬,这个要求虽不高,但也只能在文物上表达,因此就有了这些代表文明的证物,历尽艰辛走到今天。

我们今天能看到的文物百不足一,甚至万不足一。每一件至今仍能让你看见的文物不是文物侥幸,而是今人侥幸。看见它就是幸福,懂得才是幸运。当这 100 件国宝完整地呈现在你面前时,你应该知道五千年历史凝聚的力量已不是虚的,而是实实在在地以排山倒海之势向你涌来。

这些故事不是编撰的,而是历史上发生过的。不论是否曲折,是否惊心动魄,抑或平淡无奇,每一件国宝在承载自身文化的同时,还承载着未来文明的希望。

每一件国宝都单独存在,都享有尊严,一百个故事都构成中华文明完美的画卷。

是为序。

庚子初秋
——本文原为《国宝 100》自序

生命世代，国宝万载

2018年夏秋之际，我把连续播出四年的《观复嘟嘟》停更，本想休息些日子，谁知想得挺骨感，但现实特丰满，"国宝"项目扑面而来，缘于国学热催生了国宝热。

我在文物博物馆古董行业里摸爬滚打半生，对这里面的道行路数几乎门清，许多故事多年以前就听得心驰神往，加之我曾又是个专业的文学编辑，弄一套国宝故事说不上轻车熟路，也算是旧业重操，于是乎，开选题会，先决定挑选哪一百件国宝给大家讲故事。

最初设想做一档音频节目，原因是觉得现在人生活空余时间少，看视频喜短不喜长，加之我以为录音频省去服化道（服装、化妆、道具）会省事省心，结果不是这样。录了大概十集之后，让我下决心把它废了，又改录视频，音频也能听，但它是副产品了。

音频节目的录制与视频完全不一样，音频节目需要自己对着冰冷的录制设备装神弄鬼，在没有情感的设备前绘声绘色地讲故事是专业人士的强项，而我从未有过这方面的训练，十分不适应，也掺入不了感情，节目制作出来后自己听着都难过，只好下决心重来。

改录视频也有麻烦。《观复嘟嘟》录了四年，一共二百四十期，我已习惯以聊天方式与观众交流，但这国宝故事大部分不是我的亲历，没法亲临其境地展现故事。这节目的设置有点儿像说书，所以我穿起了长袍大褂，置办了一块惊堂木，煞有介事地成为一个说书人。

《国宝100》录了一百集，整理出书是为了有些读者的阅读乐趣。出书并不易，不是简单地录入文字就行了，而是需要文学润色，配以大量的历史图片，让历史变得真实起来。一干人紧张地各尽其职，终于书成型了，又加拍了封面照，封底让一百件国宝多多少少都露了一下脸，云集在一起时，显得蔚为大观。

这是一本奇特的书，第一次将图书、视频、音频三者结合在一起。这很可能无意间成为这个信息革命时代的标志产物。过去对出版物的认知建立在纸张之上，几十年前音像出版物又红火了一阵子，直到互联网发达普及的今天，这三者才有机会真正地走到一起，结合成一个整体，各显其能，各尽所长。

做这档节目及图书时雄心勃勃，希望能一百一百地做下去。可谁知想再挑选一百件国宝就没那么容易了。国宝有，故事没有；故事没有，表达就会空泛，达不到目的。其实，这一百件国宝虽然是我率团队反复甄选的，好像是个人角度，但以我对中国文物的总体了解，谁想再编一本百件国宝的故事，这里至少有八十件绕不过去。这么一想，这本书的编辑也真不容易。

好在书出版了，放在书架上随时可以翻阅，对于作者是成就感，对于读者是幸福感。五千年的文化积累为你服务，还有什么幸福可以超越它呢？

谨为后记。

庚子仲秋
——本文原为马未都《国宝100》后记

三位一体，解读唐诗宋词

文学是人类最早的精神追求之一，诗歌是文学最初的表达形式。我猜想诗歌一定出现在文字之前，先是口头情感的表达，情至而生，感随而发；当后来文字出现，并且其数量积累到足够表达文学含义之时，诗歌就被记录了下来，成为文学初始。先秦的《诗经》不仅成为六经之首，还是纯文学的启蒙。时隔两千多年，当我们读到"关关雎鸠，在河之洲。窈窕淑女，君子好逑"时，仍有跨越时空的向往，仍有莫名其妙的激动。

诗歌经过两千多年的磨砺，终于来到了大唐王朝。唐朝人以其张扬的个性、细腻的心性，将古诗修整得择方得法——制格入律、平仄粘连、声调依韵、用典对仗。凡此种种限制手段，无非是让诗歌焕发青春，戴着镣铐跳舞，匹配大唐这个恢宏时代。

于是，这近三百年的诗歌被后世统称为唐诗。唐诗之全面，囊括了整个时代的全部情感，包含了整个时代的丰富生活，成为一部唐代的百科全书。此后的一千多年时间里，每每回首仰望，唐诗已成为不可逾越的高峰，高山仰止，景行行止。

紧随唐之后的宋朝，虽仍喜作诗且存世量是唐朝数倍，但仍无法与之比肩，其高其深其宽其广均稍逊一筹。于是，收敛的大宋另辟蹊径，改齐整律绝为参差长短句，注重声韵，依曲填词，唱先吟后，仅词牌就逾千，不能随心所欲之时，还可自度作曲赋词。因此词之形式变得丰富起来，表达情感如意，记

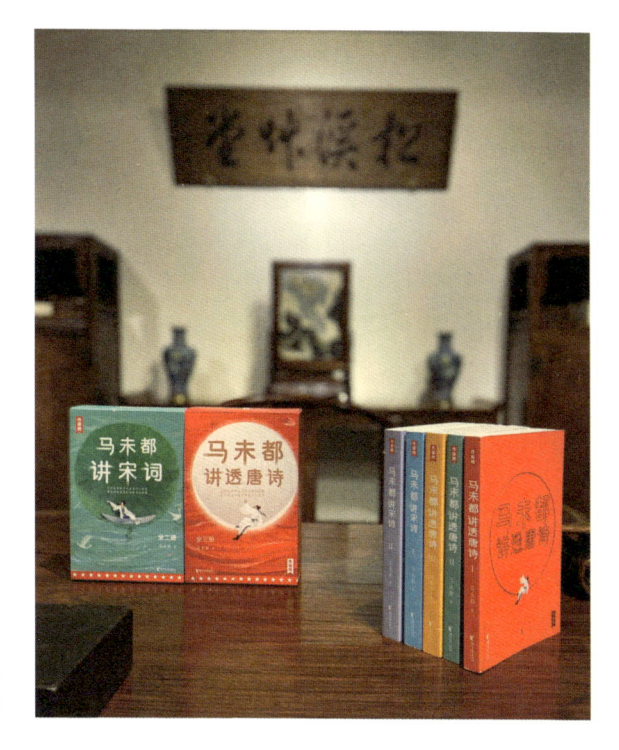

扫一扫，听我讲本文背后的故事

录故事应手。而这些词作，在宋朝成为历史之后，被后世泛称为宋词。

唐诗宋词总共延续了六个多世纪，成为中国文学的双璧，雕镂琢磨，熠熠生辉。此后的日子里，文学形态无论发生何种变化，戏曲、小说、电影、电视，其受众广至贩夫走卒，其领域深至乡间里舍，都无法与唐诗宋词的伟大成就相提并论。而唐诗宋词永远是雨过天晴的彩虹，高悬天空。

唐诗宋词为中华民族提供了最佳文学营养，让我们这个古老民族因此生动、健康、圆融，继而丰富多彩。无法想象没有唐诗宋词的中国是什么样子，更无法想象没有唐诗宋词滋养的文学会多么地干瘪。

然而，诗词毕竟是文学中的文学，需要适度做一些解释，以期更多读者能加深了解。这套书将唐诗宋词产生的时代背景、诗人词人的身世，以及文学技术性分析融合起来，三位一体，让读者事半功倍地去了解唐诗宋词。此种解读方式，恕我孤陋寡闻，未见有同类。于是经两年辛劳，将新作呈献给读者。

我年轻时以文学为生，文学曾是我的挚爱，我又自认为对文学有敏感的判断，所以当新冠疫情给了我充足时间时，我下决心动笔写这部想了半辈子的书——我个人对唐诗宋词的解读。

这套书两卷五册（唐三宋二），共写了六十八位诗人、四十四位词人，计一百一十篇，一般读者熟知的诗人词人都囊括其中，读完这套书会较全面地了解唐诗宋词及其历史背景，学习事半功倍，乐趣享受一生。

是为总序，唐诗宋词皆同。

另各附后记。

辛丑重阳

2021 年 10 月 14 日

——本文原为《马未都讲透唐诗》

《马未都讲宋词》自序

随方就圆讲唐诗

中国古代诗歌挟汉魏数百年古风，借两晋南北朝的悄然改良，入唐后迅速形成律绝，格律成为创作法度。尤其是诗列入科举考试项目后，唐诗以技巧加内容的奇特和谐，如同有规则的赛事，让参与者和观看者皆大欢喜。这是唐诗使后世高不可攀的根本原因。

唐诗诞生有其历史背景，文学一定与时代吻合。本书诗人排序也是按照年代顺序顺势而来的，以出生年月为准。初唐、盛唐、中唐、晚唐，不仅社会形态发生改变，文学内容也随之变化。初唐四杰写不出晚唐温李的绮丽温婉；反之，晚唐温李也断然没有初唐四杰的博大胸怀；盛唐李白的浪漫和杜甫的沉郁替代不了中唐元白的深情务实；同样，中唐元白也展现不出盛唐李杜风云际会的气度。所以，本书将时代作为大背景，让读者先看时代，再去品味诗歌人生。

每个诗人都有自己独特的人生经历，或世代为官，或出身贫寒，或一鸣惊人，或家道中落。个人身世对他看待这个世界有巨大影响，不管他是深藏不露如李白，还是清晰在谱如杜甫；不管他是一生优游如白居易，还是他短寿蹇涩如王勃。诗人创作出的不仅仅是诗歌，还是他个人不经意的历史。这点作为第二道幕布，拉开时凸现舞台丰厚，令人目不暇接。

第三才是诗歌技术性分析。这是一般相关读物的常态，字义、

词意、典故、背景等，这些虽然重要，但不是最重要的，最重要的是诗人的心性与技术的完美结合，所谓神来之笔。时代背景、个人经历、技术表达，三位一体，成就了唐诗的伟大。

唐诗分类多样：叙事诗、抒情诗、哲理诗、咏物诗、咏史诗、咏怀诗、边塞诗、羁旅诗、田园诗、山水诗、送别诗、闺怨诗、寓言诗、赋体诗以及乐府诗等，本书都有不同程度的涉及。本书写作时并不刻意分类，随方就圆，顺势而为，慢慢诉说诗人所处的时代环境，带及风土人情。

本套书于庚子年正月初五动笔，写了一百一十二天，每天最少十小时，最多十六小时，后修改了一年多。唐诗部分占五分之三，宋词部分占五分之二。写作之苦，如鱼在水，冷暖自知。好在文学曾是我年轻时的专业，驾轻就熟，写作时还有一股久违了的青春冲动的感觉。

愿读者读此书事半功倍，愿文学滋养你，让你有一个美丽人生。

谨为《唐诗》后记。

辛丑小雪

2021年11月22日

——本文原为《马未都讲透唐诗》后记

顺势而为论宋词

词和诗不同，词的历史远不如诗久远，究其原因，乃是西域文化交流使然。异域风情曲调悄然进入中土，盛唐出现词无非是大诗人的怡情小调，按一般说法，李白的《忆秦娥》是唐人创作的第一个词牌。唐代填过词的诗人不算多，白居易、皇甫松、温庭筠、韦庄等人都填过。填词成为风尚还是五代以后，所以词有"诗余"一说，名称中包含不屑。大唐成为历史后，唐诗风光不再，遂给词腾出了空间，让词入北宋后如雨后春笋，在南宋时蔚然成林。

词体形式很多，达一千多个甚至两千余个。康熙年间的《钦定词谱》共收录八百二十六个词牌，正体与变体共有二千三百零六个。而诗的体例则很少变化，尤其近体诗，五言律绝，七言律绝，加之排律，不过尔尔，其余可忽略不计。诗的变化多在内容，词的变化则强调形式，选取一个适当的词牌，填上自己抒发的内容，词牌就可以唱了。唱，是词的本质，而诗只能吟。吟诗唱曲，乃诗与词的本质区别。

词创作之始，词牌与内容是吻合贴切的，所以一些词牌带有明确的情绪特征，例如《蝶恋花》《忆秦娥》《定风波》等。后来词牌迅速脱离了内容，只成为一个格式限定，不再与内容发生关系。所以同样的词牌写出不同风格的词成为常态，例如苏轼的两首《江城子》，一首豪放，一首婉约，各有千秋。词调的小令、中调、长调，虽说是字数多寡的区别，但那只是后人为了便于分类而规定的，宋人本身并没有这个意识。自五代起到南宋末，词的总体趋势是越往后越长，越往后越摆脱了诗意。

简言之，早期词近乎诗，晚期词才是词。诗人写词多诗意，词人写词多词意。那何为诗意？何为词意？虚无缥缈，气韵通达为诗意；雕镂琢磨，一波三折为词意。这需要读者在阅读中反复咀嚼，去慢慢体会。

词的创作由早期诗人的偶一为之，如李白；到中期诗词并举，如温庭筠；再到晚期的纯粹词人，如吴文英，有一条明显的脉络。晚宋人是看不上唐朝五代人和早宋人写的词的，连柳永、苏轼的词都包括在内，因为这些词诗意太足。正因为晚宋人这个强烈的意识，使得词与诗真正剥离开来，让词不再是"诗余"，而是个独立存在的文学体裁，自享尊严。

扫一扫，听我讲
本文背后的故事

正因为如此,唐诗宋词成为中国文学双璧,各领风骚三百年,让诗以其律动,让词以其铿锵,各唱各的风雅,各抒各的情怀。一般情景,读诗的人比读词的人多很多,词不如诗朗朗上口,律绝都是一韵到底,而词有时需要转韵导致不易背诵。加之词人遣词造句十分计较,多数词不如诗之顺畅。所以,能背诵诗的人比能背诵词的人多十倍不止,如同流行与美声唱法,诗之如流行曲,词之如美声歌。

本书从庚子年正月初五动笔,写了一百一十二天,每天最少十小时,最多十六小时。后修改了一年多。唐诗部分占五分之三,宋词部分占五分之二,写作之苦,如鱼在水,冷暖自知。好在文学曾是我年轻时的专业,驾轻就熟,写作时还有一股久违了的青春冲动的感觉。

愿读者读此书事半功倍,愿文学滋养你,让你有一个美丽人生。

谨为宋词后记。

辛丑大雪

2021 年 12 月 7 日

——本文原为《马未都讲宋词》后记

长长的话慢慢讲

在古人那里，写与说是两套不同的系统。写叫"文言"，说叫"语言"，写和说之间有一道明显的界线。究其原因，缘于古人读书是件很奢侈的事，直到民国乃至新中国建立初期，文盲还占大多数，能说不能写（当然也不识字）乃普遍现象。

今天说和写合二为一，称之"语文"。这词很年轻，追溯起来不过一百余年，是晚清重臣张之洞1885年在《輶轩语》首提的。1905年清朝废科举后，凡办学堂者改称"国文"。五四运动爆发后，文言文受挫，白话文受宠，遂小学堂改设"国语"课；后叶圣陶先生提出国语、国文合并，称之"语文"，既有说又有写，新中国成立后获政府批准，成为中小学生最重要的主课。

语文是衡量个人人文素养的必备标准，故今日各类考试，从小到大，语文占比极重，无论文科理科，能说会写无疑占其优势；走向社会不仅占其优势，还占其风光。这是因为语文是社会交流的必要表达手段，无论是说还是写，无论表现何种内容，语文的畅达都会使人出类拔萃，占得先机。

尽管我们一生下来就要学习"语"——说话，童年还要学习"文"——写作，但绝大多数人还会以"语文"为畏途。一个伴随你一生的技能——说话与写作，为何这样难以驾驭？原因就是中国文字太难。常用的四千汉字（占全部汉字的5%）

扫一扫，听我讲
本文背后的故事

如同魔方一样，拼凑出无数个复杂的"作品"。无论说还是写，即便掌握了汉字，也未必能掌握好拼凑"作品"的能力，所以学会"语文"几乎是每一个人一生的事情，不管愿意不愿意。

说话本是表达自我意愿，组织句子只是让表达的意愿准确自如，但中国语言奇特，准确自如地表达自我意愿并非易事，多数时候词不达意，文不对题。所以在长达十多年的文字训练中，也只有少数人能做到准确自如地表达自我意愿，尤其在公众面前更高一级地表达。这种更高一级的表达就是所谓的"讲演"。

讲演有几个基本条件：先是语言流利，词汇丰富，逻辑清晰；再是知识熟练，善于表达，有条不紊；三是自信满满，目的性强，愿意表现。这需要锻炼自己，甚至强迫自己。每一位成功的讲演者都不是天生的，都有这样一个过程。

那么"演讲"呢？这需要文学在前。因为凡重大演讲不容出错，需要先写下文字，再声情并茂地演讲。凡历史上好的演讲名篇，无论中外，都由演讲者本人写稿。在表达思维的同时，演讲也展现个人说话的风格。

无论讲演还是演讲，必须遵循一个不是原则的原则，那就是真诚。真诚可以说是战胜一切的法宝。凡发自内心的讲话，接受者会有心灵感应，产生共鸣甚至共情；凡掺杂私心假话的讲演，即便演技高超，在明眼人看来，也是躯壳一个，没有灵魂。

古人说："小慧者不可以御大，小辩者不可以说众。"深以为然，引以为戒。

是为序。

癸卯小暑
——本文原为马未都《演讲与讲演》序

纸上宝石，书中蝴蝶

鲁迅先生在 20 世纪 30 年代曾热衷于藏书票。他不限于收藏，还潜心研究继而推广小型木刻版画。1931 年，鲁迅先生创办了木刻讲习会，他在介绍欧美版画的同时，也关注再度刊刻中国传统古代版画。在先生的影响下，踏上美术之路的许多青年人构成了新旧中国交替时最为重要的美术力量。

这股美术力量对 20 世纪中国的影响非同小可。20 世纪的媒体是报纸的天下，小型版画则是报纸的最佳表现形式，延安"鲁艺"的经典之作让黑白两色的木刻风靡了新闻出版界。这种简单的美术表达，以最为直接的宣传效果传达了作者想要表达的精神内容。

这一切实际都源于西方藏书票的引进。藏书票与藏书印不同，藏书票不仅个性化，还具有传播功能中的共性化特征；而中国传统的藏书印只限于个性化的表达，私密性很强。西方的开放理念与东方的传统保守在藏书行为上泾渭分明。

藏书票的历史可以追溯到欧洲的文艺复兴时期，它比邮票要早出现三百年。尽管藏书票上多数有拉丁文"EX LIBRIS"（属于我的书）的字样，但它还是作为公共艺术迅速风靡出版业。文艺复兴之后，西方的出版业蓬勃发展，德国印刷业的革命让书籍不再是贵族的独享，从侧面也催生了资本主义的诞生。藏书票作为出版的配角，静观沧海巨变的同时，也给书籍装帧带来新颖之风。

在藏书票诞生并使用了近五百年后,偶然的因素使它进入了中国。作为公开的提倡及推广,还是鲁迅先生等一行人的竭力而为。今天保留下来的许多相关资料,可以看出当时上流社会的文化态度,我们所知道的除鲁迅先生之外,还有许多文化名人都有藏书票的收藏,比如郁达夫、唐弢、郑振铎、臧克家、刘白羽、范用、丁聪等。

藏书票最初的出现显然是为贵族所设,一般认为德国的勃兰登家族最先使用了藏书票,这也与德国印刷大国的身份相匹配。贵族的族徽图案不仅是贵族的荣耀,同时也是公众的向往。藏书票经法、英等国渐渐传遍了欧洲。欧洲当时的大画家马蒂斯、高更、毕加索、马奈等人参与创作,福楼拜、雨果、马拉美、狄更斯、海明威、杰克·伦敦等作家积极使用,这些都从客观

扫一扫,听我讲
本文背后的故事

上让藏书票的身价倍增,成为欧美出版史不可或缺的一个环节。

我和藏书票结缘实出偶然。在出版社的日子里多多少少了解了一些藏书票知识,但出版社没人关心,我又不是美术编辑,所以插不上手。离开出版社后做了博物馆,收藏由业余变成主业,声名在外。一天,子安通过朋友找我,询问我对藏书票有无兴趣。人生有前世今生,冥冥之中已经远离的出版情结再度被打开,对书的感情如同初恋般久久无法忘怀。于是乎如此这般,前世姻缘,今生再续。荷兰藏书票家汉克·布尔(Henk von Buul)先生的毕生收藏——十二万张藏书票,经历两年的磨合交流易主,入藏观复博物馆。

我是相信专家的。与子安交流,凡涉及的藏书票他如数家珍,专业上对答如流。我判断专家的能力大小就看他对问题的反应与解答,凡遇问题支支吾吾者,轻则学业不精,重则作伪为生。而子安不会,双语的长处,性格的平静,以及修身的自觉,都让我对他高看一眼。在他的帮助下,一位荷兰学者兼藏书票家的毕生收藏,跨过千山万水,到达东方的彼岸,故事本身即构成了一个传奇。

子安这些年写了不少与藏书票相关的文章,散见报刊与网络,我陆陆续续读过一些,许多内容读来新奇且翔实,与我们的现实既远又近,与我们的生活既熟又生。现在子安的文章结集出版,让喜爱藏书票的读者有个读书的快乐,我亦能融入其乐,遂撰文记录示贺。

是为序。

2016.3.19

——本文原为子安《藏书票札记》序

屏具：曲径通幽，达至中庸

屏风在中国传统家具中的重要性很容易被忽视。它可能是最古老的中国家具，但由于今人居住环境的改变，屏风几近退出家居市场，除在公共空间还可以寻觅到屏风的踪影，私人一般空间中已没有了屏风的位置。

屏风的存在至少有三千年历史了。先秦屏风很难找到实物了，但文献记载清晰，有扆、萧蔷、斧依等古代称谓，明朝文人文震亨在《长物志》中指出："屏风之制最古。"这一结论准确无误。屏风以其功能——屏障，在先秦的居住环境中曾有着不可磨灭的功用，很多成语保留了屏风的使用痕迹：绸缪帐扆、祸起萧墙、翦屏柱楣、杜门屏迹、点屏成蝇、锦屏射雀、九叠云屏、雨帐云屏，等等。从这些成语内容就知屏风在居住使用时的功能——以遮挡隐蔽为用，其核心是体现某一种中庸。

国人自古就讲究凡事不能一览无余，追求曲径通幽。尽管对称是中国古典美学的第一原则，但无论是宏大的宫殿，还是朴素的民居，中国人都不能让"气"直来直去，必须变换路径，让其有柳暗花明、豁然开朗的感觉。凡难以避免通直之时，设置屏风是最好的手段，所以在行进路径上，在厅堂空间的布局上，屏风都展现了其特殊的屏障功能，让直呈曲，变穿成幛。

屏风早期式样单一，中规中矩。这种古老家具生命力顽强，至清代仍广泛使用，尤其宫殿及豪门大宅，立式屏风总要矗立在

扫一扫，听我讲
本文背后的故事

中心位置，起着视觉中心的作用。尽管百年来这类立式屏风功能渐渐退化，但因为三千年来形成的文化惯性，屏风的屏障功能退化，陈设功能加强，常常作为主人待客的背景，彰显地位与身份。

由于屏风的重要性，屏风衍生出多个品类，折屏、桌屏、砚屏、墙屏、挂屏、床屏、枕屏、香屏、插屏、镜屏、灯屏等，其多有实用功能。各类屏风顾名思义，功能与生活相关，为生活提供便利。即便没有实用功能的墙屏、挂屏，其装饰性也大大提高了室内氛围，让寂静的墙壁生动起来。

至此，屏风升华，由纯粹的家具变成纯粹的艺术品，这是其他种类的家具无法比拟的，也是屏风难以归类的根由之一。

家具的分类，前辈学者各抒己见，但从未把屏风单独归类，多放在杂项类中，委屈了屏风。这些年中国古家具的研究热、收藏热逐渐降温，许多浸淫多年的家具爱好者难以看到新的成果，刘传生先生另辟蹊径，持之以恒，以古代屏风为题，翻阅文献，走访各类人等，反复比对，终于将成果奉献于世，这就是大作《屏具》。

屏具单独成书，可喜可贺。在喧嚣过后，沉寂下来的才是成果。中国古家具产生三千年以上，从未间断的只有屏风，可以说一部屏风的历史就是一部中国家具的历史，此话中肯并不为过。

是为序。

癸卯芒种
——本文原为刘传生《屏具》序

寒夜客来茶当酒

我做文学编辑时年轻,负责小说,错以为捧上了文学金饭碗,因此豪情万丈。每天骑车上班,迎着朝阳,看什么都披着一层金色光芒。文学在我们这一代以及上一代人心目中地位至高无上,沉重而坚实。

但我后来发现,文学并不自由,尤其小说,甚至不如散文表达淋漓。文学如强行自由,一定陷于污身的泥淖,永远也洗不干净,作者与读者都不甚愉快。说不出的原因,让我远离了小说。

再后来,我误入了文物的天地。先是茫然,但其间确实充满了诱惑,而且是一种不可抵御的诱惑,让我在此彻底投降,走入文物证明的历史。

我们民族用文物证明的历史是一个实实在在的历史,绝不缥缈。一砖一瓦,一木一石,在先人的手中都有灵性,跨越时空,送达至今。关键看我们有无能力解释它们,让祖先的灵性变成我们的力量。

茶,南方之嘉木。下此结论者是陆羽,距今已逾1200年。汉已用茶,至唐方普及到北方,澄心静虑,祛病怡情。读史如品茶,涤烦疗渴,回味绵长,所以第一节为茶。

酒,远古之佳酿。夏商饮酒,醉者持不醉者,不醉者持醉者。酒对先人,有疾则饮,遇喜酩酊,解忧治病。收藏如饮酒,一

扫一扫，听我讲
本文背后的故事

杯可醉，五斗高谈，所以第二节为酒。

"寒夜客来茶当酒，竹炉汤沸火初红。"（杜耒《寒夜》）物质是可以替代的，情感却难以替代。我现在已不年轻，但回忆起年轻时的豪情，一切都历历如昨，汗颜不已。随手记录下一段情感，当时也许随意，事过多年重睹，亦可能百感交集。

辑这样一集册子并不是我的本意，杂乱无序。有的文章写于二十年前，早已淹没，重新捞出晾晒，恐读者心有微词。面对子康先生的诚恳邀请，陷于两难之中。

其实人生多数时间都是这样，在放弃与选择之间。

是为序。

2009.11.12

——本文原为《茶当酒集》自序

茶酒两生花

此书本有一序,写于八年前。我原以为这类旧作结集有炒冷饭之嫌,读者未必买账,谁知此书一版再版,可见冷饭炒得好也会有市场,著名的蛋炒饭最初的发明者就依赖的是剩饭。

以茶当酒为古时文人雅士聚会时的某一种意境。有酒当然好,喝至微醺最佳;没酒时有茶亦好,可以代之饮至陶醉。茶当酒少一分放纵,多一分儒雅,故成文人常态。借用书名,算是沾古人的光了。

其实,读自己的旧文章也很奇妙。岁月悠悠,一晃卅年,

卅年之前的文章今日还能读，完全依赖早期的文字训练。做文学编辑的日子虽远去，但历历在目。文学的滋养对每个人一生都极有好处，我就是身受其益且无法言谢，都在笔中了。

此次改版，做了部分删减调整，以期更接近以茶当酒的本义。这些年，国学再度盛兴，公众对品位、审美、收藏的需求大为增加，知道了文化带来的快乐才是终生快乐。由浅入深，以近求远，让精神享受超越物质享受，《茶当酒集》身体力行，格物致知。

感谢读者的宽厚。

再版又序。

2017.3.14

——本文原为改版马未都《茶当酒集》序

短长都罢，要活得明白

我是一个对各类事物都感兴趣的人，十分愿意思考其规律，"物有本末，事有终始"。大家熟知的文物收藏不过是我的业余爱好。早年喜欢过文学，错以为文学是一生的事业，后来发现人生有许多事情比文学还绚烂多彩，就势利地离文学远去了。走进文物领域，深知此处积淀之厚，非一世之功不可攻入，故兴趣盎然。世上凡能成事的人都要保持这种兴奋，持之以恒。所以王安石说："君子不可以不知恒。"

写这套丛书时我已53岁了，可以说集前半生的经验，做一个总结。其实事实也是如此，如果我的出生是起点，现在算是一站，下半生绝没有等长的时间了。所以古人常常发出哀叹——人生苦短。

其实短长都罢，关键是要活得明白。这套小书理应叫《明白集》。

是为序。

戊子冬日
——本文原为《马未都说》自序

扫一扫，听我讲
本文背后的故事

偷得浮生半日闲

杂志这个今天被叫滥的名字实际上出现得很早。宋朝人把零星记载的传闻、逸事、掌故等笔记合集出版叫作杂志,著名的有北宋江休复的《嘉祐杂志》,南宋周煇的《清波杂志》。这些书都为后人留下了宝贵的文字,今人读来,许多小事仍让人唏嘘长叹。

我拉拉杂杂地写下许多小文,没有系统,也未考虑过章法,只是兴致所至就舍不得浪费。倚仗年轻时曾有一段日子码字为

扫一扫,听我讲本文背后的故事

生，写小文不算吃力，快则十五分钟，写得不顺也能一小时了事，然后顺手挂在网上。时间长了，如同海边挂的鱼干一样，远观算是一景，走近空气中还飘着咸咸的腥味。

　　腥是鱼的本味，小腥乃大鲜。唐温庭筠《太液池歌》有句"腥鲜龙气连清防，花风漾漾吹细光"，写得有味有色。这本集子分"志""忎"两本，说白了就是上下集，但心中有一丝不安，好在汉字字义字形都丰富，借来一用，别有韵味。

　　我赶上了一个变革的时代，眼睛都跟不上社会的变化。这些年没少出门走路，东游西逛的，有些感受。另外，社会纷杂，天天跟各色人等打交道，阅人无数成了资本。再有就是生活，大事小事大小事都对人是个历练，宠辱不惊，说归说，做到不易，凡事装不出来。还有我们津津乐道的文化，这是个最说不清的事情，连辞典的解释都虚而不实：人类在社会历史发展过程中所创造的物质财富和精神财富的总和。

　　小书取名杂志，多谢古人。

　　谨为自序。

2011.12.8

——本文原为《马未都杂志》自序

最美好的时光

中国青年出版社的前身叫开明书店,与现存的商务印书馆、中华书局为民国时期的出版界三雄。开明书店于1926年在上海成立,创办人章锡琛。开明书店拥有夏丏尊、叶圣陶、丰子恺、周振甫等编辑大家,出版过茅盾的《蚀》《虹》《子夜》,巴金的《家》《春》《秋》,还有林语堂编的《开明英文读本》《郁达夫选集》等。1950年,在社会主义公私合营的大潮中,开明书店与青年出版社合并。

当年我调到出版社时,迎面古风习习,东侧是一个王府级的大四合院,西侧有一座二层"民国"小楼,亦中亦西的环境与出版社相当匹配,可惜在改革大潮中都拆除了。我曾看见过老开明书店的房契,厚厚一摞,听老先生讲,民国时期开明书店全国拥有分店几十处,北京、上海、南京、沈阳、广州、福州、长沙、杭州,连台北都开有三处分店,可惜现在都是纸了。但这依然让我顿生崇敬向往之情。

我年轻时最美好的时光是在中国青年出版社度过的,那时面对这些如雷贯耳的前辈,怀揣着文学梦想,每天心中都是朝阳。前辈们语重心长地告诉我出版社的光荣"三红一创"——《红岩》《红日》《红旗谱》《创业史》,每每说到这些都让我不由自主地拥有使命感。于是,我在出版社兢兢业业当了十年编辑,结识了当今最著名的一批作家。

我在出版社时根本没有想过能在本社出书，当时讲究廉洁，谁都不在本社出书，以避嫌疑。离开出版社二十多年了，出版社剩下的老人不多了，没想到他们还惦记着，想为我出本书。这让我有回娘家的感觉。于是将新书拱手交付，就是这本《马未都杂志》，忝列门墙。

人生多种多样，但跑不了轮回。后记于此。

2012.2.22

——本文原为《马未都杂志》后记

我的口舌之快

我是个极爱聊天的人，年轻时尤甚。三五好友凑在一起，聊兴一来，摁都摁不住。加之朋友们大都是侃爷，一个比一个能侃，日久天长聊技自然就有长进。

可岁数大了，同龄朋友都各奔东西了，都有了自己的营生。过去说棋逢对手，将遇良才，我这儿想下棋却找不到对手，冲着棋盘发愣也不是办法，恰巧脱口秀在网络上悄然兴起,于是乎,对着镜头开聊，以解口舌之快。

人在生理上有许多快感，最快乐的快感因人而异。娓娓道来算一种，火山喷发算另一种，二者兼顾就会更快乐一些，让说者听者情绪都得以满足。《都嘟》说得时好时坏、风雨可见、冷暖自知。

我的优势是无须临时掉书袋，因为小时候没有书看，反倒逮到什么看什么，该看不该看的都看，看什么都有意思，看什么都入迷。加之青春岁月又阴错阳差地当了十年编辑，见了无数文青、傻青、愤青、愣头青，阅人无数，以致说起《都嘟》来，时不时地冒出一些趣闻往事，男女旧人。

往事旧人许多能说,许多不能说,说了不能说的就是不厚道。人的前半生总是不如后半生过得仔细，年轻时没有荒唐就等于没有年轻过，可后半辈子活得仔细了也未必有意思。下棋打球交友恋爱工作创业都是错了记一辈子，有后悔很正常。后悔是

扫一扫，听我讲
本文背后的故事

人类区别动物最有价值的情感之一，弥足珍贵。

《都嘟》上线一年，点击两亿，粉丝五十万。这实打实的数据是支撑我花甲之年还能继续前行的动力。希望我一个过来人能将人生之经验、人生之过错说与你们，虽然未必能使你们躲过时代的明枪暗箭，但或许能帮助你们增强拔箭疗伤的能力，此是忠言。

是为序。

2015.10.2 夜
——本文原为《都嘟》自序

沉醉文明，共享文化

收藏于我本是私事，可一来二去成了公事。尤其做了电视节目，大众媒体传播又快又广，百姓的需求又多又杂，许多话说了就忘了，连自己想看看自己怎么说的都成为奢望。恰好出版社找来，击掌为庆，节目成书。

但这不是节目的文字实录，需要增删改动完善，工作量比想象的大。补充知识，补充图片，为的是让读者多些阅读乐趣，在乐趣中对收藏对文化有所斩获。

收藏是一个话题，社会上相关新闻天天会有，用心吸引百

扫一扫，听我讲
本文背后的故事

姓的眼珠，挑动百姓的内心。但凡稍有心动，就会解囊，而面对琳琅满目的中国文物，大部分人会手足无措，喜欢而不敢喜欢，这种滋味早期谁都会有，很正常，原因是文化对我们构成的诱惑太大。

这种诱惑会长久缠绕。我们生在长在这块文化土壤中，不管你在意与否，你都会受其营养滋润，让你在不知不觉中强壮身心。一个中国人，真的有资格自豪，五千年文明延续未断，各种文明的证物随处可看甚至可取，这不是中国人的福气么？！

儿时听过句老话：只有享不了的福，没有受不了的罪。过去国家穷，每个国民跟着穷。我们这一代乃至上一代人都受过罪，那时收藏和文化都成了奢望。今天国家富了，国民也跟着富，真到了享福的时候这个福就大了，多少有些让人享受不了。这个大福就是民族千百年来积累的文化，浩如烟海。那么好，我们一同慢慢享受吧！

是为序。

日子过得快，晃晃悠悠又一年。《醉文明》（叁、肆）又出版了，春种秋收，自然都是喜悦。我与读者同样期待。

——本文原为
《醉文明：收藏马未都》（叁、肆）自序

浮沉之间，醉享文明

借物说古，借古喻今，讲的都是道理。道理有大有小，大至哲学，小至俚俗；大至国家，小到个人，都对我们有一份滋养，至少平添一份乐趣。做电视节目，其实一开始就本着这个态度，放下架子，与观众平起平坐；再把节目汇集成册，算是搂草打兔子，额外有一份收获。书有一个好处，随时随处可翻。

有的话也许节目中说过，那也不妨再说一遍。知识就是这样，场合不同，时段不同，能量就不同。如同有的古诗，每十年一读，感受就会有所不同。原因也简单，就是你人生的阅历经历所致。我的人生已过大半，有资格说这带有总结意味的话。

孔子说过"有教无类"，电视的气场是个典型的"有教无类"的场所。站在电视摄像机前，你只能看见现场观众，看不见千家万户，不知观众态度。所以说话就要周全，想到每一个可能，照顾每一位观众。实际上，我知道这是一个不可能完成的任务，但也要硬着头皮上。每一场节目后面都有绞尽脑汁的策划，都有众多人员的共同努力，我不过站在台前而已。

说这话真不是谦虚。在中国文化的汪洋大海之中，大船小舟都是一片树叶，能浮是你尊重它，是它接纳你；能沉是你适应它，是它教育你。浮沉之间，知微知彰，知柔知刚，焉有不知足者？

《醉文明》一年两本，已出四册。五册理应作新序，为的

是读者。读者是我坚持下去的理由,知恩图报,仁不轻绝。

是为序。

2013.9.14

《醉文明》(柒、捌)又要出版了,看着一年比一年厚的书,感受最强烈的是春华秋实。所有的付出在结集出版之日都已得到回报,这回报我愿与读者共享。

2015.9.10

——本文原为《醉文明:收藏马未都》(柒)自序

醉说文明，人生快事

　　此套书已出版八册，曾写过两个序。事隔几年重读旧序，仍觉得话说得分量已足，再说都是赘言。新瓶旧酒，越久越醇；赏的是瓶，品的是酒。对于读者，饮之通泰为上上；对于作者，观之欢愉则为中上。均为人生之快事也。

　　人生快事自古多样。明末清初有个文学批评家叫金圣叹，名字是自己改的，听着古怪，含义很深。他对《水浒传》《西厢记》《左传》都有过批评，尤其对《水浒传》和《西厢记》的评点详尽细致入微，眼光独特犀利，同时代乃至后时代的学者都给予极高的评价，连顺治皇帝都说"此是古文高手，莫以时文眼看他"。但金圣叹命运不济，因冤问斩，刑前畅饮，边酌边说："割头，痛事也；饮酒，快事也；割头而先饮酒，痛快痛快！"

　　由此可见，痛快之事因人的认知而不同。写作为先，饮酒为后，《醉文明》丛书基于此才有"醉"字。我们的文化源远流长，沉淀厚重，享受容易解释难。几千年来，国人在其文化的滋润下，享受其果，忽略其因，而我们仅是解释其因，养护其果而已。因果之间相生相灭，亦可以看成因果互为，所以佛教说：无为无因果。

　　这书不是写出来的，是说出来的，故为人生快事。说出来的书比写出来的书多一份自由，少一份拘谨。想想四大名著，前三部《三国演义》《西游记》《水浒传》都是说出来再落成

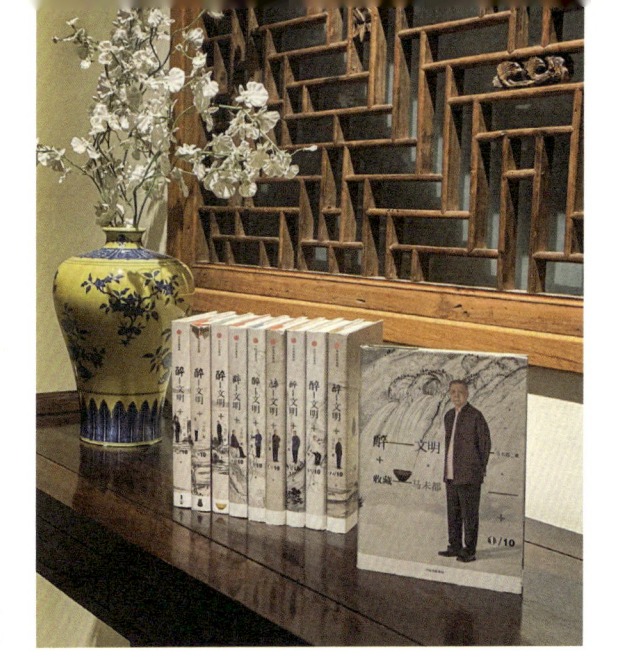

扫一扫，听我讲本文背后的故事

文字的。三部巨作流传甚广缘于初始的自由，提炼的随意。自由与随意就成了书籍的某一种状态，于是就有了这部《醉文明》。

看书、读书、说书、著书乃古之四事，此四事于观者介于看读之间，于作者介于说著之间，其中差距微妙，感受奇特。看书之看为阅，读书之读为学；说书之说为泄，著书之著为垒。阅、学、泄、垒乃四种与书相关之状态，勾连你我，组成了这个纷杂的世界。

唯一值得赞叹的是，我们所处的世界积累了先人的文化遗存，我们仅是继承者，坐享其成，无法言谢。

是为序。

2016.11.19 凌晨

——本文原为马未都《醉文明：收藏马未都》新版序

承荫

手艺中国

这是一部读来令人感动的书。在兵荒马乱的年代,一个美国人,在中国内地走村串户考察了八年,回国后又潜心研究了十年,以严谨的态度著成此书,用自己的相机和尺笔,为中华民族留下了珍贵的史料和生活记忆。

农耕民族推崇自给自足的自然经济,手工业也随之发达。几千年来,中华民族面朝黄土耕作,利用农暇之时制作生活工作所需,凡用具、工具、农具、家具以及衣帽鞋袜都自己动手制作,久而久之,手工成了手艺。

较之工业文明,手工业文明更能寄托人类的情感。人们将生活和工作的必需化解,成为一条条有效的途径,通向幸福之门。人们用思想和双手编织生活景象,制造工作便利,在生活中提高质量,在工作中提高效率。

中国手艺的积累大都以实物诉说。中华文明硕果累累,仰韶的彩陶、良渚的玉器、先秦的青铜、汉代的漆器、唐之金银、宋之陶瓷,元明清不胜枚举,中国古人的手艺不经意间将生活艺术化,让后人仰而视之,诚惶诚恐。

而劳作之中,工具成为帮手,让手工业趋于便利,然后得长足发展。中国传统手工业在生活与工作两大领域各显神通:生活上,中国人越来越精致,越来越将手工艺术化;工作上,工具的发明及使用成就了几千年的中华灿烂文明。

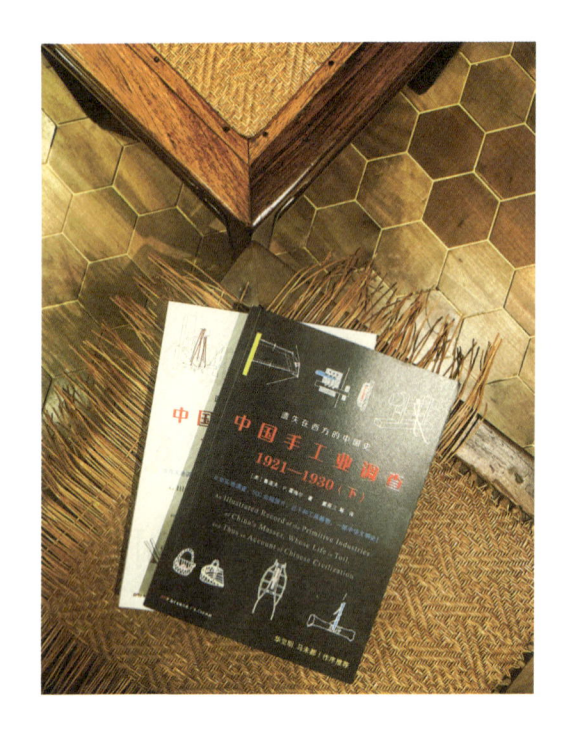

扫一扫，听我讲
本文背后的故事

  可惜我们少有人记录这些，也少有人珍惜这些。倒是一个美国人在九十多年前，为我们作了如此重要的记录。今天读来，仍让人心动。一个美国人，在中国大陆由北及南，孜孜以求地将这个国度几千年来积累的文明做了客观的考察，时隔近百年，我们再看它时几乎就是完备的总结。因在那之后，中国陷入战乱，继而又置身于高速度的建设，使这些古文明积累成了残缺不全的记忆，而鲁道夫·P·霍梅尔所做出的一切，为我们直观地补上了这些残缺。

  工业化文明、信息化文明将人类文明带入高速行进的轨道，与手工业文明漫长的历史相比，可以说日新月异。但是，文明有善果，亦会出现恶果，善恶之间，多为一念之差，人类还常常浑然不觉，只有靠时间才能做出终极判断。

本书作者恰恰在中国工业化前夕来到中国，又付出了极大精力和毅力完成了史无前例的任务，才让我们今天有幸看到自己百年前乃至千年前的缩影，而这缩影的每一细微之处都是中华文化的精华所在，都是我们赖以生存的精神。

手艺具有思想，思想能放出光芒。对中国人来说，手艺是古代中国的命根子，我们曾长久地攥着这命根子，让民族长寿至今。

谨以为序，并向作者、译者、编者致以崇高的敬意！

2011.11.25

——本文原为 [美] 鲁道夫·P·霍梅尔著；
戴吾三译《手艺中国》序
2021 年再版，更名为《中国手工业调查 1921-1930》

工匠精神，照耀千秋

宗教建筑在人类文明史上占有最重要的一席。东方的佛教建筑与西方的基督教、伊斯兰教建筑具有本质上的不同，即木制建构与石制建筑在理念上的天壤之别。前者注重架构之美，尽可能将建筑骨骼暴露在外，以示木与石或砖的质感区别；而后者的骨骼隐藏于体内，从外观上无从寻找，形成整体无差别的展示。

世界五大建筑体系（一说七大建筑体系），远东的木制建构以独特存世。木制建构的好处是取材容易，搭建速度快，易修复；缺点是保存不易，尤其惧火，一旦灾难形成，一切必须重新建造。因此，历史上许多著名建筑我们都未能一见，见到的都是文献上语焉不详的文字记载。

相对而言，宗教建筑寿命最长。中国境内现存的唐宋建筑，几乎全是寺庙及佛塔。保持千年以上原汁原味的屈指可数，体量最大的是山西省应县境内的辽代木塔，塔高 67.31 米，八方五层，内设暗层，实为外五内九，除首层为重檐，以上各层均为单檐；整个塔用料 3000 立方米，无钉无铆，纯木榫卯建构，支撑其千年不倒，堪称奇迹。这种大木作本是国人的看家本领，惜近百年来在水泥钢架建筑中已悄然远去。

邻国日本，却有人将其手艺保存至今。本书详尽地从多角度记录了西冈常一及小川三夫的手艺与精神。手艺都是通过人一代又一代传承的，这其中不能偷懒，也无捷径能走，还必须耐住性子，不被利诱。这需要有理想，并且是几乎达不到的理想。换言之，理想越远或不可实现，现实就越接近理想。

用传统手艺建造宗教建筑，还需要一颗虔诚的心，面对完整的建筑和面对一片空地都是同样的感觉。在有与无之间，那个看不见又能感受到的是精神，可大部分人看见的是苦海泛舟，不知何时才能到达彼岸。所以西冈常一和小川三夫以及他们的门徒们必须净化心灵，把建造庙宇当作人生的修行，与这个日益世俗的社会抗争，在有无之间做出心甘情愿的选择。

木制建构的核心在于榫卯。榫卯结构巧妙地将散木汇集成完整不可分割的建筑。历史上无论中国还是日本，以今天我们可见的历史遗存，中国北京的紫禁城宫殿群、日本奈良正仓院的东大寺，都将历史范本置于世人眼前，让后人体会木质建构那迷人的美丽。这种美丽包含了人与自然的充分和谐，包含了人驾驭自然的能力，还包含了东方民族充满哲学意味的美学追求。不论东方人还是西方人，当你站在这样的建筑面前，遐想

扫一扫，听我讲
本文背后的故事

那些崇山峻岭中的参天大树，历经长途跋涉，又假以工匠之手，最终成为人类的文化财富时，你才知伟大是由渺小堆积而成的。在树木与建筑之间，有一种东西叫手艺。

手艺是人类赖以生存的独特技能。工业化革命无意中连番抹杀了人类至少五千年积攒下的手艺。工业化一度让手艺变得越来越没有价值，它以量产抹杀个性，取得懵懂时人类的功利好感。手艺在不知不觉中一点点地消亡，当人类发现这个问题时，传统的手艺都已进入濒危阶段，亟待抢救。

此书为此做出了一番努力。它以一个客观的旁观者眼光，充满热情地介绍着发生过的一切，让一个远离现代人视线的历史悄悄地往回走了几步。我们似乎在早晨的层层雾霭中模模糊糊地看见一个影子，尽量看得不甚清晰，但已明显看见它的身影，听见它的声音，闻见它的气息，这一切其实就是我们祖先的灵光。

不论中国还是日本，木制建筑的精髓一脉相承。日本建筑的唐风，延续千年以上未变，为我们保留了一段辉煌的历史；我们却历经辽宋金元明清，反而离唐风远去，但木制建构的理念一直伴随我们，让我们今天有幸看见历朝历代的建筑遗存。

这一切，我们首先要感谢手艺，更要感谢那些在手艺之下的知名的和不知名的工匠。手艺一定会在手艺人手中释放出光芒，这光芒不仅驱除了黑暗，还照耀着千秋。

是为序。

2016.6.23

——本文原为[日]西冈常一、小川三夫、盐野米松著；英珂译《树之生命木之心》序

用五十枚钱币串起的极简中国史

我一直认为每一个中国人都应该简单了解一下中国钱币的历史。这有诸多好处：首先，你了解了钱币历史，就会对中国的历史有一个大致了解；其次，了解了钱币史，就对中国历史社会变革的原因比较容易理解；再次，就是知道了货币的本质，方能真正懂得古代乃至当代社会的基本制度。

中国人从贝币起，大约摸索了一千年才定下方孔圆钱。由于秦王朝统一货币的英明之举，才使中国后来长达两千年的帝制社会稳如泰山。计重制的方孔圆钱——五铢是世界上生命力最长的钱币，使用了大约八个世纪，直到唐代才改进为宝钱制，这一变革又让方孔圆钱生存了一千三百年。从某种意义上讲，中国的方孔圆钱造就了中国的财富，让中国人避开了像欧洲那样长达近千年的中世纪黑暗，有了令人羡慕的幸福。

我们今天每一个人的生活都离不开钱的影响，换言之，也离不开古代钱币对中国文化的影响。我们虽然是世界上第一个使用纸币的国家（宋代人就已经使用纸币——交子），但我们依然对纸币心存芥蒂，原因是宋元明清乃至民国的纸币使用最终都没有一个获得好的结局，都以改朝换代为代价不欢而散。

所以我们就更应该了解一下中国货币的演进，了解各类货币的本质，了解不同货币的利弊得失。只有了解得多一些，对事物尤其对经济事物的判断才会更趋于正确。钱本身没有优劣，

扫一扫，听我讲
本文背后的故事

只是使用者或曰发行者造就了它的优劣，让它翻云覆雨，让它推波助澜。

钱本来只是一种农具，挖地而用。《说文解字》释："田器也。"最初的形象如铲，非常有可能是"空首布"的形象，钱作为货币的代称，最初应是借用。古代称钱为"货"，为"泉"：前者为本质，后者为引申；前者实在，后者浪漫；前者优，后者美。因此可以说，钱币的历史是一部实在浪漫又十分优美的历史。

我与王永生先生不算熟悉，只是有限地与他聊过天，请教过专业问题。他是钱币行业的翘楚，对钱币了如指掌，说起钱币的历史如数家珍。王永生先生利用闲暇时间，动笔写了这部专著，用五十枚中国历史钱币串起一个完整又简易的中国货币史，让人开卷有益，读之有收获。尤其在今天的信息时代，讲究快餐文化之时，抽时间读此书会事半功倍。

李白诗曰："金樽清酒斗十千，玉盘珍羞直万钱。"白居易诗曰："卖炭得钱何所营，身上衣裳口中食。"岑参诗曰："人生不得长少年，莫惜床头沽酒钱。"杜甫诗曰："安得务农息战斗，普天无吏横索钱。"高适诗曰："卖药囊中应有钱，还山服药又长年。"范成大诗曰："二麦俱秋斗百钱，田家唤作小丰年。"苏东坡诗曰："送行无酒亦无钱，劝尔一杯菩萨泉。"唐宋大诗人说了这么多"钱"，实际上都是那时候一幅幅生动的生活画卷。

读此书即观彼时画卷。是为序。

戊戌小雪
——本文原为王永生《三千年来谁铸币》序

社火娱神，香火娱人

社火起源于何时已无从考证了。远古时代的人对生死、对许多自然现象不解，于是祭祀祈福盛兴。在巫术咒语和图腾崇拜中获得快感，继而获得解脱，这就是社火形成的初因。

"社"为土神，人类生存之本，"稷"为谷神，二者合一，尊为"社稷"。历代君主帝王都亲祭"社稷"，后"社稷"一词借指国家。自《孟子》"民为贵，社稷次之，君为轻"以来，江山社稷的兴亡成为君王口中的头等大事。秦亡汉兴，唐消宋长，元去明来，君王有人替代，百姓却要照常生活，生活就需要社火，需要风调雨顺、国泰民安。

扫一扫，听我讲
本文背后的故事

"社火"一词肇始于宋代。北宋孟元老的《东京梦华录》，南宋范成大的《上元纪吴中节物俳谐体三十二韵》都提及了社火。显然，宋时南北社火已经普及，按孟元老的话说：天晓至暮，色色有之，呈拽不尽。

农耕民族靠天吃饭，靠地生存，春种秋收，所以在一年之终、来年之始"击器而歌，拊掌而舞，祈于天地，以其吉也"。社火不仅驱恶避邪，还能祈福消灾。千百年来，社火在黄河流域生生不息，绵延不绝，不仅给百姓带来欢乐，更多的是给百姓带来希望。

我们民族文化的强大首先在于文字。以象形始创的汉字，表达意义的能力非凡。凡几千年来遗存的任何文字，今人很大部分都可以顺利读懂，与古人沟通。其次是直观的表演，社火是其代表，凡面具之凶神恶煞乃驱除疫鬼，凡器具之敲打撞击乃祓除灾邪。中国古人无论在天灾还是人祸面前都能保持这样一种心境，仰仗其原始力量让自己在苦难中寻找到幸福。

闹社火是一种幸福，红红火火，一个"闹"字无法替代。北宋诗人宋祁名句"红杏枝头春意闹"，一个"闹"字千年以来为文人盛赞。不闹不能将春意和盘托出，不闹不知春天有情有义。闹社火亦如此，不闹不能将过去的苦难宣泄，不闹不知未来的幸福就在此刻。每年闹社火的强烈展现，让我们民族知道过去，知道自己，知道未来。

民国以降，是中国传统文化变化最快的一百年，有形与无形的文化在此消失了大半，因此我们开始懂得了珍惜。过去习以为常的东西一天天地减少，忽然有一天四顾茫然，我们才知文化依然可以逐渐消亡，你不关心它，它就会离你远去。社火也是这样，百年来一天天地黯淡了，幸亏我们中间还有这样的有识之士，利用最新的记录手段,将瞬间定格于永恒,将消失保留在面前。

今天,我们看见这一幅幅如同绘画般的记录,那个千百年来口口相传、手手相续的关中社火已成了一份宝贵的资产,这份资产属全民族共有,让人感动之余,更让人深思。

愿我们的民族文化永远灿烂,愿文明的火炬有人衔接。

是为序。

2015.3.1

——本文原为孙晋强《中国关中社火》序

民族的，世界的

人类生存于这个星球之上算是一个侥幸。两万年前，我们还是个濒危物种，熬过了冰河期，人类日益壮大。一万年以来，我们开始生成文明，积攒知识的同时开始积攒财富，中华民族作为人类的一员，以其坚韧与包容繁衍至今。

文明由文化构成，文化可能间断，文明却要继续前行。由茹毛饮血的时代到信息通达便捷的今天，人类的每一步都留下坚实的脚印，清晰地记录成长的轨迹；即便上苍赋予我们的自然景观，也因为人类的存在而凸显价值。人类创造的文化，在历史的长河中由物质生发出精神，由精神再度变为物质，最终

扫一扫，听我讲
本文背后的故事

合二为一，成为一份宝贵的文化遗产，与自然景观一道，构成地球上最动人的风景。

所以，我们有责任保护它们。世界遗产由人类文化整体构成，中国的部分乃是中华民族创造力的见证。这份珍贵的名单里，既有时空跨越两千年，空间绵延上万里的文化遗产长城，也有风光旖旎，河谷纵横的自然遗产九寨沟，更有双重身份的遗产泰山、黄山、武夷山，等等。所有这些，都展现了中华民族生存的这块土地，也展现着我们民族积累下的精神面貌。

对于这个星球，我们人类重任在肩。当我们成为万物之灵长，以为能够主宰世界时，责任就变得十分具体。保护世界遗产，在本世纪已迫在眉睫，任重道远。出版这样一本画册，只是一份深情的提示，提示人类自己，我们不仅有过灿烂辉煌的过去，我们还应有更美好的明天。

敬为序。

——本文原为杨大洲《世界遗产——中国》序

以漫画读博物馆，文化不再抽象

我幼时对博物馆的全部印象停留在坐高台阶上喝自制汽水吃干面包，条件好的同学再带个煮鸡蛋，而完全不在意博物馆的展品。那些看不懂离我们又远的东西冰冷地待在玻璃窗内，没有人为我们专门讲解过。以致多年以后可以炫耀的就是一句话：那博物馆我去过。

但看见的东西全都忘了，根本没有保存在记忆里。成人后我喜欢文物时，再去博物馆参观，竟然发现那么多有意思的文物，令人目不暇给。苦苦回忆儿时参观经历，完全一片空白，面包和鸡蛋顶替了五千年的灿烂文明。

后来我有机会参观世界各地的博物馆，每每参观之时发现随处可见的是小学生，一群群地坐在地面，仔细聆听老师的讲解，画面温馨，令人神往。时间长了，次数多了，我就发现，中小学生参观博物馆似乎是西方教育最佳最常见的手段，省钱又高效。在古代文物面前，怀着虔诚的心情，听老师讲解过去的一切。对比今日，才知道历史一路走来，留下的脚印是那么清晰，那么结实。由此我开始羡慕他们。

我在观复博物馆办馆的二十年间，大力推广学生的互动，让博物馆为他们留有一片天地，让孩子从小接触文物，触及他们的心灵。只是每每看到有关文物或博物馆的书籍都非常成人化，难得看见专门为孩子写的博物馆的书。

扫一扫，听我讲
本文背后的故事

"植物大战僵尸2：博物馆漫画"系列是专门为孩子们写的，着重介绍了世界最知名的十家博物馆以及中国的五家博物馆，这对小读者们（包括大读者）无疑是个福音，以最快的方式预先浏览一下这十五座博物馆，不仅学习到了知识，更多的是开阔了眼界。人的一生中如果能亲自参观这十五座博物馆，可谓人生圆满，读此书算是先行一步，预热未来。

用漫画的形式介绍博物馆，让浪漫与严肃结合，教育效果事半功倍。尤其把不同文明、不同文化、不同历史轻松地展现给读者，让文明不再虚无，文化不再抽象，历史不再沉重，这对于成长期的少年儿童，包括成年人，裨益良多。

三十五年前，我惶惶然走进中国青少年儿童出版社的大门，成为一名文学编辑。后来两社分开，中青中少仍在一个大院子里办公，情景历历在目。时过境迁，当年的同事林栋先生找到我，希望我为这套书写序。我办博物馆二十余年，甘苦自知，蒙老友记得我，当然责无旁贷，遂作序文如上。

感谢每一位读此书的大小读者们，博物馆不仅会为你打开眼界，还会为你铺平一条快乐的人生大道。

2016.10.21 夜
——本文原为笑江南
"植物大战僵尸2：博物馆漫画"系列序

紫禁城的记忆

陶瓷是人类最早发明、利用最多的一种容器。容器的革命即为文明的进步。陶瓷的成长与人类文明进展几近同步。进入新石器文明以来，陶瓷在每一时期都清晰地标出历史的高度，改变着人类的生存质量，继而演变成为一种文化。

作为这样一种与我们生活息息相关的容器，研究它的历史与文化的文献并不多见。南宋人或元人蒋祈的《陶记》，元末明初人曹昭的《格古要论·古窑器论》，明嘉万时期人高濂、屠隆、宋应星，清人唐英、梁同书、朱琰、蓝浦，虽各有研究成果，但文字有限，后人读之总有不甚解渴之感。直至新中国成立之后，在三十余年前倾国家之力，完成了皇皇巨著《中国陶瓷史》（冯先铭等五人主编），才让研究及喜爱陶瓷者有了基本依靠。

自《中国陶瓷史》1982年问世之后，国内外研究陶瓷的学者及爱好者依附这棵大树，确立了自己的研究方向，三十年来让这棵大树枝繁叶茂，硕果累累。观其硕果，多有雷同，另辟蹊径者寡，下苦功者亦更寡，故成果虽多，味道趋于一致，难以有大成就者。

陶瓷作为古代最高科技的生活用具，不可避免地融入地域文化内容。从新石器时期的彩陶文化到原始青瓷的产生，从魏晋南北朝的不甚确定的局面到盛唐之后南青北白的格局形成，从辽宋金蔚为大观的创新品种到元明清之后景德镇的一枝独大，陶瓷的发展脉络清晰可见。虽历朝历代无专著详尽记载这一变化历程，但仍有只言片语的文献记历史变迁于万一。

老子说："埏埴以为器，当其无，有器之用。……故有之以为利，无之以为用。"（《道德经》第十一章）《考工记》也说："凝土以为器，……圣人之所作也。"两千五百年前的先贤对陶瓷的认知如此提纲挈领，令后人的相关研究战战兢兢，如临深渊，如履薄冰。

陶瓷是中华文明引以为傲的大课题，读懂了陶瓷的历史就读懂了中国的历史。这表述并不玄妙，中华文明以其长寿著称于世，陶瓷相伴相随而从未间断，由陶及瓷，由单一变复杂，陶瓷一步一个脚印，扎扎实实为中华民族文明填写绚丽的文化篇章。所以，自唐宋以来，有关陶瓷的记载多有入册。唐诗中的"邢窑""越器""月魂""云魄"（皮日休），"越碗""琼浆"（施

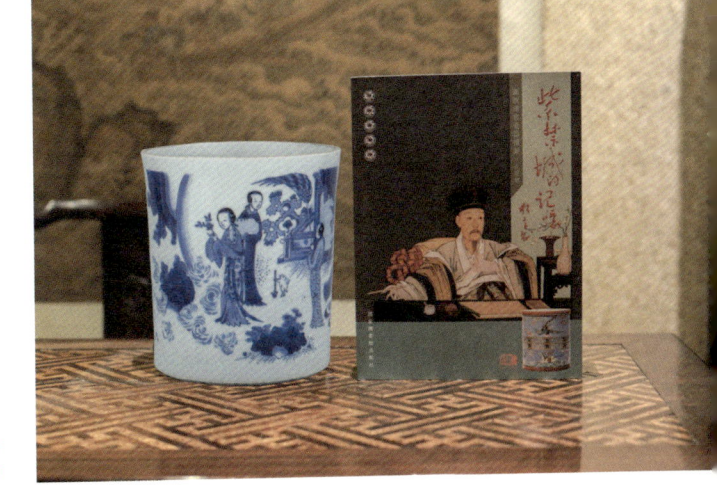

扫一扫，听我讲
本文背后的故事

肩吾),"越瓶秋水"(许浑);宋词中的"定州花瓷琢红玉"(苏东坡),"建安瓷碗鹧鸪斑"(黄庭坚);元曲中有"活鱼新酒""瓦钵瓷瓯"(关汉卿),"何愁盏大,不惧瓯深"(张可久);至于明清小说,《金瓶梅》交杯换盏中的半推半就,《红楼梦》随手拿出的大观盘、汝窑瓠、成窑五彩小盖钟(盅)。这些都在提示陶瓷已在先人的生活中无处不在。

而研究陶瓷历代之作寥寥,宋元明清以来都是倾个人之力,凭一己兴趣,著书立说仅为一家之言。直至朱琰的《陶说》出现,才算是有了中国陶瓷的简史,说今说古,尤其《陶冶图说》将景德镇烧窑工艺淋漓尽致地表现。《陶说·说器》分上古、中古、近古,洋洋洒洒,凡八万八千字,以古籍字数而论已是鸿篇巨制。

这些文献,能使陶瓷研究者据此深掘宝藏,喜爱者以解沙漠跋涉之渴,收藏者则希望窥见其中的蛛丝马迹,让积思顿释,让谜云风散。然古籍与今人之间有着时代沟壑,信息如丝如缕,剪不断理还乱,这就需要今人运用今天之信息通达的特性,重新著书立说。

写书易,写好书难,写出一部对他人有用的书不下苦功不可以得。凡三十年来,有关陶瓷类别的书面世不少,以图代字者为多,拾人牙慧者亦不在少数。创新很难,学术界尤是。而这本《紫禁城的记忆——图说清宫瓷器档案文房卷》资料浩繁,抽象文字与具象瓷器尽可能一一对照,让研究、爱好、收藏者都能一目了然,事半功倍地学习认知这一时期的宫廷官窑作品。

有清一代的官窑烧造最为成熟:首先是官窑制度由明代近三百年的完善,已形成一整套完整的供需制度;再则是清代君王学习汉文化的具体实施,加之从郎廷极经年希尧到唐英,身居高位的朝廷大员身担要职,让景德镇烧制官窑器成为皇家钦点的重任。因此，才有清宫与陶瓷相关档案之多之繁，才构成了清代宫廷制瓷的最重要依据。今天看来，弥足珍贵。

把这部分档案通读并筛选出有关文房一类，说易做难。读古籍要有耐心，还要有能力，更要有专业，缺一不可。摆在案前的清宫档案三千万言，以一日五万言的阅读速度，读完就需两年，两年废寝忘食，换得对此的理解，对有心者值，对有意者则能享受其值。知行合一，对每个人都是考验。朱熹说："论先后，知为先；论轻重，行为重。"所以王阳明解释说："知者行之始，行者知之成。"

这本厚厚的大书对卞亦文先生来说，可以说成了。非常不易，甘苦自知。虽为辑览，我甚至认为比写书还困难，不加自己的观点，实际上又有自己的观点，难就难在不露声色地表达专业态度，要准确，要翔实，要禁得住自己和读者的反复推敲。

我与亦文相识多年，君子之交，清淡如水。他自己做了家拍卖公司，显得与众不同，专业而执着。他宁肯拍卖一些残破之器"犹珍"，也不肯做昧良心之事，从这本辑览即可窥见其端倪。按说这种累人又费力不讨好的事情本应由国家研究单位做，可研究单位却又常常望洋兴叹，亦文只好驾独木舟只身前往，还好他今天已踏上彼岸。

我以为此书在若干年后会凸显它存在的价值。

是为序。

丙申初一夜
——本文原为卞亦文
《紫禁城的记忆——图说清宫瓷器档案文房卷》序

笔墨纸砚的文明魅力

　　收藏自宋代形成风尚，多有著述，其门类有亦传统。青铜、书画引领硬软两片，凡古玉、陶瓷追随青铜，碑拓、织绣靠拢书画，至于竹木牙角器，连同家具都不列在收藏大系之中，聊备一格，供藏家闲时一乐而已。

　　检索古籍，收藏大项历朝历代均有佳作存世，唯杂项文房用品虽有零星笔墨，但不见有分量之作。近几十年收藏市场风起云涌，传统收藏大项研究成果自不待言，杂物小项的专文小著也散见江湖，但系统汇集以文房用具为中心，兼顾其他的专著迟迟未见问世，直到本书作者刘传俊捧着厚厚的书稿找我作序，我才知世上真有如此用心费力之人，聚沙成塔，集腋成裘。

　　此书有工具书的特质，凡能想到的文房杂项、笔墨纸砚、香茶酒棋、清供赏石等，无一不在搜集、考证、注释之内。其内容翔实，判断冷静，客观公平地补充了这一空白领域，收住前行者的眼花缭乱，拓展后来人的惯性思维。

　　古人的生活远比我们简单，故更加注重精神生活。自秦以来的两千多年的帝制社会，文人把控社会上层；加之中华民族由于农耕社会的属性，非常在意物质化，尤其富裕有权力阶层在物质化上又添加了精神内容，让物有了精神与物质的双重属性，继而让社会对此产生了文化依赖，这种依赖又反哺滋养了中华民族，让我们的每一物都携带着历史信息，传递着文明魅力。

这一切，必须依据物证。中华文明就是文字史加物证史：四库全书的"经史子集"，几近囊括文字的历史；浩如烟海的历朝历代证物，都在客观地诉说每一段历史的真实。

我们一说文房，开篇必是笔墨纸砚。四者实为一体，缺一不可，难以分割。这是文人书房的必备，是文人创造思想、记录客观的工具。某种意义上讲，我们先人记录的所有思想、艺术、生活都与笔墨纸砚息息相关，没有这些，也就无法记录我们曾经的文明。

正因为如此，文人把情感寄托在与他们最为亲密的文房用具上。他们赋予这些用具以情感，让笔墨纸砚不再是单纯的笔墨纸砚。让笔在书写之余，有了笔筒、笔格、笔洗等；让墨在研磨之后，有了墨床、墨盒、墨匣等；让纸在铺平之时，有了镇纸、臂搁、书刀等；让砚在使用之后，还有砚滴、砚盒、砚屏等。这一庞大的文具家族，不过是几千年来文人在尺方之地的文化积累，让其既有功能性又具备装饰性。

文房的装饰极为重要，它不仅能调节文人的心情，还能让生活变得更加美好。古代文人最在乎自己的案头，一支好笔，一方好砚，可以书写沉重的历史，亦可以谱写欢乐的篇章。当我们今人隔空隔世看见这些文房旧物之时，只要用心体会，就可以听见古人激动的心声，看见古人真诚的容貌。

我与传俊先生相识已久，但相处有限。长时间的聊天还真在此书写作之际。前几年他来找我，告知正在写这样一本书，大纲罗列丰富，他让我看时显得心中有数，而我心中没数，担心他眼高手低，心宽路窄，书即便成型也仅是填补空白而已。

谁知过了几年，他将书的成稿送来，三本厚厚的打印样让我不仅是吃惊，更多的是钦佩。王阳明提倡知行合一，他说："知

扫一扫，听我讲
本文背后的故事

者行之始，行者知之成。"智者的话就是哲理，想写书的人我见过许多，夸夸其谈者大有人在，多少年下来，甚至一辈子走完，也没见落在纸上一字；而传俊先生只与我说过一次，数年之后就将厚重的书稿摆放在我面前，让我知道世界上确有持之以恒之人。

《文房》考证翔实，考据众多，从某种意义上说起到了"文房典吏"的作用。以一己之力做如此浩繁的工作，难度之大，不是一般人能承受的。我年轻时在出版社任编辑，深知出版之难，尤其这类带有工具书性质的大书，工作之繁重，资料之琐碎，没有毅力与恒心者根本无法胜任。我想传俊先生真是深爱这一门类，又能耐住寂寞，不求功利，方可将理想变成现实。

这本《文房》优于学者编纂的书籍。原因是著者实践在先，理论在后。几十年的从业生涯中，传俊先生走南闯北，过眼过手的文房无数，其数量其经历可以说是空前绝后。这个"空前绝后"是一个时代的终结，是一个百年乃至千年的机遇。大量的存世、出土文物鱼龙混杂地出现在世界各地的市场上，其种类之丰富，数量之庞杂，令人目不暇接。一般生意人，都以生意为本，知识辅助生意；而传俊先生反其道而行之，以生意辅助知识，并将知识积累成书，呈献给社会，与大家共享。这正是我钦佩他的地方，也是愿意作序的缘由。

是为序。

己亥大暑中于北京
——本文原为刘传俊《文房（全四卷）》序

观复猫眼中的二十四节气

春雨惊春清谷天
夏满芒夏暑相连
秋处露秋寒霜降
冬雪雪冬小大寒

二十四节气歌每一位中国人都应该会背，小时候拿出半天时光背诵，受益终生。把一年的物候分为二十四节，每节有气象，是中国自先秦以来总结出来的生存理念。只要你关注它，你就会觉得节气这东西特别神奇；每当交节之时，气候定会有所变化，老百姓过去俗称"交节变天"。

节气的产生与中国传统农耕社会紧密相关。中原大地，黄河长江流域的祖先们靠天吃饭，不观察天地无法生存，所以物候的每一点小小的变化，都被古人记录在案，将其凝练为两个字，说明这一时刻的特性，继而演变成一种文化。

有的节气名称以文学而论，美不胜收。比如"惊蛰"，昆虫冬蛰土中，一声春雷惊醒，万象复苏；比如"小满"，夏熟作物灌浆，半浆半实小满，虚怀若谷；又比如"寒露"，大地寒气凝结，水露尚未成霜，风雨愁煞；再比如"大寒"，冰天雪地苍茫，寒气逼人造极，否极泰来。文学不仅赋予我们节气的美感，还赋予了我们对自然变化的认知与总结，所以就有了这本图文并茂的

扫一扫，听我讲
本文背后的故事

《观复猫：我们的二十四节气》。图者，既有镜头下的观复猫美照，又有画笔下的观复猫古风；文者，既有观复猫生活小片段的记录，又有专业的文物介绍。所有这些，相映成趣，美不胜收。

观复猫作为观复博物馆的猫馆长，渐渐声名远播，那它们更应该肩负一些重任，以它们的视角看待人类的文化成就。二十四节气显然是农耕文明的重中之重，这是无形资产。有形资产就是与之相关的文物。书中挑选了二十四件文物，与节气有直接或间接的关系，借观复猫馆长之口说明，凸显一份人文关怀，读之亲切。

二十四节气，中国先人们为此积累了几千年，一季六节，一年四季，节节有变化，季季报平安。每当交节之时，不管你注意与否，这个物候会悄悄地变化，对这个变化猫比人类敏感，观复猫们更敏感，因此奉献出此书。

相信读者会有收获和乐趣。

是为序。

戊戌岁尾乙亥新春
——本文原为《观复猫：我们的二十四节气》自序

重构节日的温情

节,古字写"節",与竹相关。竹节乃"节"字本义,竹节有隔,节节相连,由此启发了古人,借来用之。先是节气,后是节日,凡前后关联之点可以标注清楚者,均称之为节。节气为物候变化之点,作为农历的补充,而节日作为情绪之点日积月累,林林总总,影响着人们的生活。

我们的节日大致有两类。一类为传统节日,存在千年以上为常态;另一类为新兴节日,外来的为多。传统节日里元宵节、清明节、端午节、中秋节、重阳节都是大节日,古今基本都是百姓的假日。政府多以宽松为怀,让百姓在这一日里享受节日之气氛,促进该节日的文化内容。国人在文明的演进过程中,慢慢将其文化内容充实,让节日不空洞,让百姓能切身感受这一天与前后日子有所不同。

外来的节日兴起是近些年的事。先是圣诞节,后是情人节,让国人隔空感受外国节日,难免荒腔走板;再加之后来又引进了愚人节、万圣节等,国人平静的生活掺进了躁动因素,青年人也乐于接受玩笑,接近鬼神。

于是,我们生活中过节的日子就日趋频繁,传统老派的节日与时兴新潮的节日互不干涉,甚至还有比较。比如西方的情人节与中国的七夕节,送一枝玫瑰一定比买一个摩睺罗(用土、木、蜡等制成的婴孩形玩具)简单易行,但弄一个摩睺罗送对方显然比送一枝玫瑰花有文化情调。同样是感情融和的节日,七夕节的

扫一扫，听我讲
本文背后的故事

故事缠绵，内容繁多；情人节的目的明确，单刀直入。

这就是各类东西方节日给予我们的启迪，把它画成漫画需要一个主体，观复猫就顺理成章地荣膺此任。

观复猫是观复博物馆的成员，其编制与员工相同，有馆长有馆员，每只猫都有自己的角色，都要肩负一份责任。在每一个节日到来之前，观复猫都会煞费苦心地融入其中，把节日气氛推至高潮，向喜爱它的读者们展示自己的专业与热情，渲染烘托节日，认真修炼自身。

所以我们看到了这么热情奔放，魅力四射的观复猫，又知晓了这么多有关各类节日的知识。这本观赏性读物，老少咸宜，在领悟传统文化的同时，还能体会猫生如人生的哲学命题。聚沙成塔，集腋成裘，我指的不是这书本，而是凑在一起的这么多的不同节日。

是为序。

2016.11.25

——本文原为《观复猫：我想跟你过个节》自序

二十四节气中的人间冷暖

我很小的时候就会背诵二十四节气歌。这首诗歌虽然写得不够完美,但一生十分受用。想知道某一时刻最接近哪个节气,掐着手指头唱一遍,一股清流沁人心脾,让我知道这一年已走过多少,还有几多日子。

一年有多少天,也似乎没有节气重要。古人将一年分为二十四节气、七十二候,五日为候,三候为气,六气为时,四时为岁,周而复始。由于节气与物候线条粗细适中,在表达人文情感方面,我们比西方人细腻,西方人只知春夏秋冬,而我们则在二十四节气中体会人间冷暖,知晓世间转换。

所以节气在唐、宋屡屡入诗入词,读之让人欣慰。

岑参先说:苜蓿峰边逢立春,胡芦河上泪沾巾。

刘辰翁接着说:无灯可看,雨水从教正月半。

韦应物跟上:微雨众卉新,一雷惊蛰始。

白居易说:春分花发后,寒食月明前。

杜牧写得凄美:清明时节雨纷纷,路上行人欲断魂。

范成大记载清晰:江国多寒农事晚,村北村南,谷雨才耕遍。

朱元夫务实:蚕麦江村,梅霖院落,立夏明朝是。

邵定担心:汝家蚕迟犹未箔,小满已过枣花落。

寒山和尚随口一说:草生芒种后,叶落立秋前。

白居易又说:夏至一阴生,稍稍夕漏迟。

扫一扫，听我讲
本文背后的故事

独孤及说得敞亮：不怕南风热，能迎小暑开。

徐夤接得踏实：欲知应候何时节，六月初迎大暑风。

王建说：立秋日后无多热，渐觉生衣不著身。

陆龟蒙说：强起披衣坐，徐行处暑天。

李白在常州说：天清白露下，始觉秋风还。

王昌龄则在边塞感叹：长风金鼓动，白露铁衣湿。

贾岛推敲说：漏钟仍夜浅，时节欲秋分。

孟郊琢磨说：秋桐故叶下，寒露新雁飞。

钱起嫌其不够：回云随去雁，寒露滴鸣蛩。

苏东坡说得大气：霜降水痕收，浅碧鳞鳞露远洲。

刘长卿说得委婉：霜降鸿声切，秋深客思迷。

杜甫描写老辣：正翻持风超紫塞，立冬几夜宿阳台。

陆龟蒙有些担心：时候频过小雪天，江南寒色未曾偏。

钱起叮咛说：晚来留客好，小雪下山初。

李商隐说得急促：路逢邹枚不暇揖，腊月大雪过大梁。

韦应物总结：大雪天地闭，群山夜来晴。

孟浩然告知：晚来风稍急，冬至日行迟。

元稹一言以蔽之：行过冬至后，冻闭万物零。

皎然和尚淡定：大寒山下叶未生，小寒山中叶初卷。

高适居边塞瞭望：北使经大寒，关山饶苦辛。

大诗人们集体说过，我们再说无益。文化就是这样，慢慢积累则成为遗产，让我们民族取之不尽，用之不竭。在先秦时开始摸索积累，在汉代完善确立的二十四节气，早已成为国人认知一年中的气候、时令、物候等变化规律的知识体系，它让我们预知冷暖，懂得风雨。

宋英杰先生为气象专家，集多年专业经验写出《二十四节气志》,笔触细腻,抽丝剥茧,环环相扣,其资料之翔实,图文之精美,让读者尽享阅读之乐。相信读者在了解二十四节气之余,还能得到许多额外收获。其实,最让我感动的还不是他笔下的知识,而是他畏天悯人的学者情怀。

是为序。

丁酉立秋
——本文原为宋英杰《二十四节气志》序

寸小之器，大千世界

鼻烟壶作为清代的工艺品代表，至乾隆时就已登峰造极。达官贵人、贩夫走卒所熟悉的陶瓷、玉石、玻璃、竹木牙角、金属珐琅等所有门类，都在这门工艺中发挥得淋漓尽致，令后人无法超越。谁知嘉道之后，在清代工艺每况愈下的背景下，内画鼻烟异军突起，一反偃旗息鼓之势，将大千世界融进方寸之间，以小见大，在表达技巧的同时，表达了文人微妙的情感。

从甘烜文起，文人们一反常规，将画笔内置寸壶之中，反向在壶之内壁作画，由生涩到娴熟，至清晚期先后出现了周乐元、马少宣、叶仲三、丁二仲等大家，使得鼻烟壶没有完全囿于中国古代工艺禁锢之中，在艺术堡垒中开了一扇明亮的天窗。

透过这扇天窗，我们看到了艺术的另外一种表达形式，在高难的技巧之中，艺术家要摒除杂念，神情笃定，凭借耐心与技巧，让艺术成为艺术。

寸小之器要反映大千世界谈何容易。如没有内画这一崭新的艺术形式，艺术家们也很难燃烧起艺术激情。艺术首先要感动自己，其次才能感动别人。本来是个人把玩的雕虫小技，可谁知百多年来日渐丰腴，派别丛生，让内画鼻烟壶在清代以及当今的独特艺术中成为独门绝技。

我与黄三先生相识已久，当年在众多高手中，他的作品就突出耀目，显示了深厚的文学素养和极高技巧。在内画鼻烟壶中，

扫一扫，听我讲
本文背后的故事

修养第一，技巧第二，修养比技巧更为重要。在艺术的高层面追求上，强调感受是唯一途径，而黄三先生的肖像内画，其感受力当今折桂。

2008.10.17
——本文原为黄三《黄三内画》序

葛老的戏剧情结

实在记不清哪天了,那天时间宽裕,葛老兴致也高,就拉住我欣赏他收藏的册页。这组册页多且厚,翻看颇为吃力,葛老边看边说这册页的来历。我当时注意力都在画面上,也没在意老爷子说什么,更没揣摩老爷子的心态。

册页打开后迎面冲出一股古味,我也看不懂究竟是什么内容。这类骑马打仗的画片儿过去被统称"刀马人"。册页保存的状态极佳,鲜艳如昨,让人翻阅起来很是兴奋。我的第一感觉是这画法与康熙时期的五彩瓷器类同,想必年代相差不会太远。问了问葛老,才知道册页四函四册,全本九十六开。

骑马打仗是人类共有过的文明。西方人最能理解的中国古代文化就是骑马打仗。因为他们经历过同样的历史,都有金戈铁马的时代。所以从清朝道光年间起,西方人在中国到处搜罗"刀马人"作品,无论什么形式的,都陆续漂洋过海,云集在大洋彼岸。最终导致国内这类东西少之又少,藏在公家博物馆的又难得让百姓一见。

葛老拿画册时并没有特别在意,不像我经常遇到的情景,主人将自己的东西视若拱璧,动不让动摸不让摸的。葛老在一旁抽着烟,左手端杯酽茶,任我随意翻阅。葛老说,"这东西是劫后余生,早先东西多了。"一副处事不惊的神态。我当时还不能确定这册页画的内容,以我的经验多半是《说岳全传》

《隋唐演义》或《水浒传》什么的。中国的历史就是《三国演义》开篇说的,天下大事,分久必合,合久必分。历史上打打杀杀是常态,描写打打杀杀则是和平时期的消遣。只不过早期版画多为黑白,即便套色也限于单调之色,求得色彩丰富只能靠画匠手绘,人工晕染。

这种连环画形式的册页最早出现于元代。元朝元曲发达,话本深受百姓欢迎,勾栏瓦舍隆重的说书场面今天都可以想见。最早的连环画在元代叫"平话",就是后来盛兴的评书前身。形式为有图有字,有故事有评说,让人如痴如醉。到了明朝末年,版画风靡,派别林立,可惜早年国人不甚重视,大多数作品今天都藏在海外。这类手绘本在清朝盛世流行,虽产量不及版画,但效果优于它,色彩极尽丰富,甚至超越生活中所见,充分表达了作者的创作意图。

葛老一虹先生是中国研究戏曲理论的先驱,是二十世纪三十年代左翼作家联盟中剧联成员。早在二十世纪三十年代就翻译过《莎士比亚传》,还翻译过斯坦尼斯拉夫斯基的《演员的自我修养》。老爷子给我的印象永远是俊智弘朗的,八十多岁高龄时还帅得不行,让人完全可以想见五十年前他的风度翩翩。一个旧式家庭的后人,赶上了风起云涌的时代,脱胎换骨的变化很难让人把他老人家与旧式科举联系在一起,可葛老的的确确与科举有些关系,老爷子的父亲葛植三是清末秀才,榜上有名。

对戏剧的痴迷让老爷子在历经劫难后仍保留了这样一套《岳飞英烈传》。今天看惯了胡编乱造影视剧的年轻人很难再弄懂上代人的执着与情感。在我欣赏画册时,老爷子嘟嘟囔囔地说了许多,我一边看一边听,感到的不外乎历史沧桑的具体。在我们这一代人身上，对旧时代的感受虽不直接但很深切，因为父辈们都是旧时代的见证者，他们的情感是直接获得的，传达时还带着热气。

我在老爷子充满了热气的房间里轻轻翻阅着画册，老爷子点上一支烟很是享受。吸烟的人可能会想得更远一些，也许老爷子在想哪年哪月买的这部册页，花了几多银子，在那个兵荒马乱的岁月，购买这样一部既不当吃又不当喝的"劳什子"，必须有一颗挚爱之心。葛老研究戏剧，总给人以洋派的感觉，莎士比亚、斯坦尼斯拉夫斯基，可谁知老爷子对中国传统戏剧也如此痴迷，积攒了这么多戏剧史料。过去的藏家学者最不屑的就是这些"水浒页子"，书画藏家以为这不算传统绘画，既没经济价值又没艺术价值；学者对文学中的章回小说的研究都有一搭没一搭的，少有倾注。这类带有民间色彩，最具生命力的文物国外反而比国内多，今天中国学者如想深入研究，多数得从国外收藏机构寻求帮助。

古本《精忠岳飞画传》工笔重彩，故事从岳飞出生说起，岳母携幼子岳飞躲过天灾，岳飞自幼习武。金兵侵宋，徽、钦二帝被掳，康王泥马渡江，岳母刺字"尽忠报国"，康王绍兴登基，岳飞被贬，后复出屡战屡胜，留下千古名句："撼山易，撼岳家军难。"直至被秦桧谗言陷害，岳飞岳云父子双双遇难风波亭。那天我问了老爷子何时买的这本册页，老爷子说来北京那年，新中国成立前夕。我说这类连环故事的明清作品多见于版画，我买过一些印刷复制品，也知郑振铎先生当年酷爱版画，曾极力推广过。老爷子说，郑振铎也看过这部册页，赞叹不已。

谁知此画册出版之际，我看见了老爷子的一篇与之相关的日记。葛老把这部作品购买的来龙去脉，把常任侠、郑振铎先生的观感,盛家伦、张正宇先生的见证叙述清楚,按老规矩将册页的规格装帧记录在案。这篇日记写于1955年3月24日,那一天我才出生两天,令人唏嘘感慨。

葛老一虹先生的珍藏在他老人家百一诞辰之际荣获出版,我作为晚辈写了如上一段往事,一为纪念葛老以及他们那一代人,那是民国时期的新知识分子,身上留有几千年来积攒下的文人气息;二为我们自己,我们这一代人虽与他们没有时间隔阂,但有文化断层,站在前辈面前,说自己渺小都说大了,所以时时惶恐。

古人叹时光流逝时说:"摅怀旧之蓄念,发思古之幽情。"葛老作古了,后辈才多有怀旧;人亡物在,今人却能幽幽思古。文化要靠有心人传递,八百年前的尽忠报国,三百年前不知名

扫一扫,听我讲
本文背后的故事

的画匠精心绘制，半个多世纪前的在厂肆葛老偶得，今天众人参与的隆重出版，将一个故事演绎得超乎寻常的完美，而我偶然忝列这支队伍之中，深感幸福。

谨以此文怀念葛老一虹先生，并祝贺《古本精忠岳飞画传》出版。

2014.10.6

——本文原为葛小刚编《古本精忠岳飞画传》

蒙古大漠的历史遗珍

古人常叹宝物聚聚散散,事实上也的确如此。历史上收藏大家可分为两类人:有意识收藏者,关心著书立说,意在流芳百世;无意识收藏者,无非家资丰盈,尤其皇亲国戚,被动中亦有成大观者。

无论何种收藏,都无奈于世事风雨。几千年来,朝代更迭无数,连皇帝家业都会凋敝,况他人乎?喀喇沁王身为蒙古王爷,与清廷联姻,深得皇家信任,被赐予"世守漠南"之职,无上荣光。整整一个清朝,喀喇沁王家族十三代王接力,兢兢业业为国家

的完整呕心沥血,不仅为自己的家族,也为国家争得莫大的荣誉。

自明初以来,漠北一直是明清两朝的心腹大患。草原沙漠与城市乡村之间,游牧民族与农耕文明之间充满了矛盾和冲突。中华文明的进程正是因为这个矛盾所在,在冲突中相互学习,汲取营养,使得民族肌体健康,构成我们绚丽多彩的杂交文化。

喀喇沁右翼旗由于特殊的地理位置(蒙古大漠最南),与清廷关系密切,多有政务和人情往来,这在清朝是很普遍的现象。喀喇沁王府经过十三代王的积累,庋藏文物洋洋大观。可惜清朝的败落乃至最终消亡,致使大部分文物散佚,不知所终。本画册中的这一小部分不过是沧海一粟,但仍能窥见昔日王爷府的奢华富有,也可以推想宫廷与王府之间的关系。

历史一天天远去,越来越模糊。幸亏留有不少物证,证明中华民族走过的每一程,达到的每一点。喀喇沁王也是如此。当年驰骋大漠,一方面为国家完整,另一方面也为小家安康,可这些在今天已难寻踪迹。只有这组文物劫后余生,汇集成册,让后人知道,文物包含的不仅仅是财富,还诉说着那个时代的精神面貌。

辛卯春
——本文原为《喀喇沁王府宝》序

雕风镂月话吉子

国人对木头的感情很深,古人尤甚。古时盖房都以木头为主,砖石为辅,这种木制框架结构建筑,成为世界七大建筑体系中的独特风景。

木头有许多长处,可以表达细节是其中之一。所以古人在使用木头时都会利用其长处,尽可能地表达细节。这种细节的表达基于一种愉快的心情,愉快的心情促使历朝历代的工匠们越发刻意,在建筑、家具、木头允许的条件下,工匠们操刀不辍,

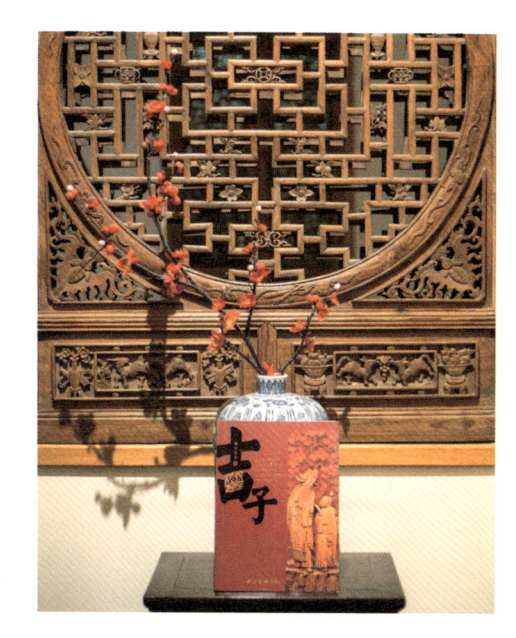

扫一扫,听我讲
本文背后的故事

粗若游龙、细如发丝般表现雕刻技巧，传达文化精神。

而文化本身十分抽象，传达和记录的难度很大。聪明的中国人便通过具象细腻地将抽象的文化再现，变成每一个人都极易理解的故事，让生活变得生动起来。

在建筑构件与家具中，有许多关节点，本来用于分散力的加固。工匠们在实践中于此慢慢融进了一些生活情趣，让这些节除去功能还平添一份乐趣。久而久之，这种本是漫不经心的文化积累，竟然逐渐长成一棵参天大树，福荫后人。

这种节由于文化的介入，开始有名。北方人称之为"卡子花"，功能在前，文化在后；南方人则称之为"花节"，文化在前，功能在后。北方人多注重家具上的使用，南方人再加上一份门窗上的追求。北方风格简单朴素，南方风格细腻精巧。用材上，北方人总是顺势而为，南方人则喜欢变换材料，尤以黄杨木为最。黄杨木细腻易雕，色暖平和，表达雕刻之意游刃有余，构成了花节最美丽的天地。

沈墨宁先生集藏花节多年，多有精品，大部分结缘于家乡浙东地区。浙东地区得天独厚，背山面水，既有传统文化的厚重，又有外来文化的补给。宁波（明州）自古就是良港，从这里带走带回的文化和谐交融，形成了颇具文采的地域文化，反映到花节这个小之又小的细节上，即可窥斑见豹。

收藏的真谛在于文化的乐趣，沈先生结集出版，将乐趣广播，功德无量。

是为序。

2009.8.21
——本文原为沈墨宁、王海峰《雕风镂月话吉子》序

著书于天明之时

我写书还是有瘾的。庚辰年（2000年）夏至那天，我开始动笔写《中国古代门窗》。这比原计划晚了一个多月。时值北京酷暑，每天耗到半夜我才开始动笔，一直写到天明。二十几天初稿完成，后数易其稿。

但写这本书准备了五年。当我在浙江乡下第一次见到如此

扫一扫，听我讲
本文背后的故事

之美的门窗时，就萌生了著书的念头。五年来，断断续续阅读相关的书，断断续续琢磨相关的事。越来越有意思，书的轮廓渐渐成形，在中国建筑工业出版社的支持下，玉成此事。

在写书过程中，我感觉到古人生存的状态，接收到古人遗留下的信息。一个整体的、完美的思维影像让人异常兴奋。我小心翼翼地去看，去读，去听，去感受，去体会，尽可能以文字再现先哲们的生活方式和理念。

我们从机械化文明中穿越，已进入电子化信息时代。逝去的手工业文明对今天的人们已显得十分遥远。写作中，我隐隐担心，常常杞人忧天，生怕祖先们建立起的古代文明大厦在我们虚拟空间的游戏中坍塌。

但愿古代文明不要在现代文明中完全消逝。

感谢前辈罗哲文先生拨冗作序，感谢挚友唐忠恕先生的英译，感谢张振光先生的摄影，感谢所有为传承文明火炬接力而不计荣誉的人们。

——本文原为马未都《中国古代门窗》后记

门窗：让生活柔软，让建筑多情

二十二年前，我偶然到浙江慈溪的天元镇古家具市场闲逛，第一次看见从祖国各地搜集而来的各类古代门窗，先是惊叹古人的聪慧与富裕，后下决心要写一本相关的书，展示都市人久违了的家居艺术。这些风格不同的门窗堆积如山，良莠不齐，我从中反复甄选，前后数次赴此地，最终积攒了一大批有特色的门窗，运回北京拍照、展览、出书。

动笔写书的时候，正是中国古典家具市场狂热之初，大部分人的注意力都集中在相对成熟的古代家具研究成果上，对建筑内檐装修最重要的构件——门与窗几乎没人关心，这就给了我一个机会。

我开始收集资料，动笔写《中国古代门窗》一书，闭门谢客，用了三个月的时间，《中国古代门窗》书稿完成，继而请张振光先生拍摄，交付中国建筑工业出版社后，又请吴勇先生设计版式与封面。一年之后，《中国古代门窗》问世，次年，该书在三十万种图书中脱颖而出，荣获第六届国家图书大奖。这一奖项是国家出版界的最高荣誉，足以让人欣慰。

一晃十余年过去了，这期间，传统文化的市场发生了天翻地覆的变化，全国各地各类家具家居乃至装修市场随处可见这本大书的影子。我在许多公共场所都看见过出自这本书上的门窗纹样装修，从街头小餐馆到五星级大酒店，一门一窗一情一景，

都散发出中国古代温馨可人的气息。这些应用,让生硬的生活变得柔软,让寡味的建筑变得多情。

我没承想一本书有如此之大能量。仔细琢磨,发现"让生活变得柔软,让建筑变得多情"的不是这本书,而是老祖宗留下来的文化结晶。它以一种反哺形式回报着华夏民族,让后世知道了美与丑的巨大差距,让我们明白了古与今有多大的不同。

我们距离那个悠然自得的历史太远了,二百年来的积贫积弱让我们顾不上追求精神上的享受,数代人在精神贫瘠中走过。意识会枯萎,感受会迟钝,要焕发文化青春,全民族必须达成共识,卧薪尝胆,知耻后勇,每个人只需精心做好自己这份事。

《中国古代门窗》此次修订再版,掐指一算,竟然走过一代人了。世界变化日新月异，一方面科技发展始料不及，另一方面文化沉淀迅速发酵，而我们身处其中多少有些茫然，左顾右盼，瞻前顾后。左顾右盼者，非犹疑而得意；瞻前顾后者，非担心而谨慎。古代已经过去，不啻成为过眼烟云，未来即将到来，尚有机会宏图大展。

谨为再版跋。

己亥大暑
——本文原为马未都《中国古代门窗》再版跋

华衮灿烂，锦上添花

早在《后汉书》上就有"锦绣绮纨"的记载，显然这些文字指的都是织物；到了唐朝，大诗人刘禹锡《酬乐天见贻贺金紫之什》有"珍重贺诗呈锦绣，愿言归计并园庐"之句，此时，"锦绣"已指美好的事物；再后来，"锦绣"的用途多了起来，锦绣心肠、锦绣山河、锦绣前程，"锦绣"至此已成为大众口中的向往，喻示一切美好。

"锦绣"从古到今都是中国人的一道亮丽的风景，源于我们是丝的国度。古希腊、古罗马人称我们为丝国。甲骨文中已有"桑""蚕""丝""帛"等字。汉字中，以"糸"为偏旁的字多达一百余个。湖州钱山漾文化遗址，出土的残绢片和丝织物，证明了中国人使用丝的历史有近五千年了。

五千年来，中国人一步一个脚印，扎实地将丝绸技术提高，同时又将丝绸推向世界，形成了著名的丝绸之路。就是这样一个由小小桑蚕吐丝而成的织物，包含了中国华美绚丽的历史，写下了灿烂文明的篇章。我们先秦的奢逸、秦汉的诡幻、隋唐的绮丽、宋元的含蓄、明清的瑰奇，伴随着世界文明一同成长。

"锦"，《说文解字》释："襄邑织文也。"汉朝襄邑县进贡织文，即染丝织而成的文章，此"文章"乃指斑斓的花纹。"绣"，《说文解字》释："五采备也。"郑注："刺者为绣。"织为"锦"，刺为"绣"，构成古人对"锦绣"的科学认知。

扫一扫，听我讲本文背后的故事

前者古，后者新，这个新也仅是相对而言的。

"锦"的历史大大地长于"绣"的历史，其存在道理也顺理成章，至少在周代织锦技术就已十分完善。苏联巴泽雷克地区发现的战国时期的中国丝绸，就有红绿二色织造的纬锦。新疆民丰尼雅遗址出土的汉代五色织锦，色彩搭配协调，图案井然有序，令人叹为观止。从这点上可以看出两三千年前织锦的成熟。至中古时代隋唐辽宋，尤其宋锦以素雅著称，品种繁多，存世珍品多见，让后人有了直观的感受。加之宋锦多在古籍书画装裱上体现，既表现出文化内涵，又极具富贵之气。

而绣品则远迟于锦。"锦上添花"谓之"绣"，典或出于宋王安石的《即事》："嘉招欲覆杯中渌，丽唱仍添锦上花。"黄庭坚的《了了庵颂》亦有："又要涪翁作颂，且图锦上添花。"由此可见，至宋"锦上添花"已成为风尚，这一风尚让绣品迅速成熟。

辽宋金元绣品增加，至明清蔚为大观。尤其明清皇家的使用提倡，使得绣品成为皇家着装的标识。龙袍蟒服的君臣等级的形成，龙袍成为皇帝上朝的礼服，逐步完善成定式，不得僭越。而蟒服最初由明朝皇帝赐服官员，至清放松至王公贵族，乃至最后宽至进入戏曲界，极端美化成为蟒衣戏服。

所有这些，都与我们古老的丝绸文化有关。尤其宋之后，丝绸制品逐渐普及至民间，绣衣绣裙到了明清富庶家，凡女红皆以绣活为尚。遇喜庆之日，着秀服即可知女红高低，继而知家境富贫。手艺由此代代传承，文化由此发扬光大。

凡此种种，皆有证物存世。本书作者李雨来先生，数十年如一日，与绣品打交道。从生意起，至收藏终，成就了一门学问。在我所知的有缘的古物生意者中，雨来先生鹤立鸡群，眼光独特，于生意中有感悟，于感悟中有收获，将自己前半生的经历与阅历反复咀嚼，潜于著书。当他把书稿呈现给我时，用"肃然起敬"已不能表达我的心情。我是真心地觉得雨来先生的不易，不是科班出身，又不具文化的基础训练，全凭个人热情与韧性，将这样一本连专家都望而却步的著作完成，为这个文化崛起的时代提供第一手资料。

老子在《道德经》中有句名言："见素抱朴，少私寡欲，绝学无忧。"大约一千年后的东晋葛洪，自号抱朴子，著书立说。他的《抱朴子·博喻》中有一句与本书巧合："华衮灿烂，非只色之功；嵩岱之峻，非一篑之积。"这话说得不仅吻合，而且深刻，也是雨来先生成就的写照。

是为序。

己亥初一夜
——本文原为李雨来、李晓君、李晓建
《清代服饰制度与传世文物考》序

万物并作，吾以观复

逼真地仿制古代瓷器在明朝以后时有发生。尤其清乾隆时期，国泰民安，景德镇的工匠们摸索经验，使许多仿品至今仍真假难辨。今天的公私藏品中，有许多亦是当时的仿制品，比如雍正、乾隆时期的仿永宣青花、仿宋哥窑等。

仿元青花历史上无人所为，逼真地仿元青花是近两年的事情。公开地逼真仿元青花以这件鬼谷下山罐为肇始，出版这本书是为了使此举有个明确的纪录。

我们在仿制过程中极力贴近古人的制作环境与心态，试图最大程度还原元青花的面目。元青花的研究成果目前尚肤浅，在历史、人文、科学各个领域都还有相当的空间供后人探讨。

因为这个富于传奇的罐子在去年的今天创下了天价，这个价钱当时在国际市场可以购得约两吨黄金。这个纪录恐在很长时间内也无法打破，我们决定以今天的最高手段复制它，限量24件，其中第一号罐已率先进入故宫博物院，客观地记录这一历史阶段中国工匠的手艺。

本图册中24件复制品以15度顺时针转动拍摄，如同一幅行进的图画。底部及细部特征的不可更改性作为鉴定本品的依据。

老子在《道德经》中说："万物并作，吾以观复。"意为：万物都在生长，我看着你们轮回。七百年前的鬼谷下山青花罐，今天算是一个轮回。这 24 件的一奶同胞兄弟,又有谁知道再一个七百年的轮回?

2006 年 7 月 12 日谨记
——本文原为《鬼谷下山》后记

扫一扫,听我讲
本文背后的故事

和孔子对画

中国画自诞生之日起就寻求一种立体表达，尽管这与西画透视的客观表达迥异，但仍有"丈山尺树寸马豆人"的内心追求；所以中西画形成了心中的山水和眼中的世界——主观与客观的差别。

十九世纪由于照相机的出现，东西方绘画都不再把"真实"这一原则作为绘画技巧的标准。中国画将写意这一形式迅速发扬光大，海派绘画大行其道，院派则一蹶不振；同样，西画也遇到了前所未有的创作瓶颈，印象派等现代派别应运而生，古典主义成为落伍的代名词。

这时一种工业化的绘画品种在东瀛悄然扩散，这就是浮世绘。浮世绘本是一种通俗画，在日本江户时代开始风行，因为它是印刷的，可以大大降低成本，继而走入千家万户。浮世绘本身由肉笔绘迅速过渡到木版印制，基于木版印制的特性，浮世绘的色彩简单鲜亮，但其内容繁华，从上流社会到世俗天地，从历史掌故到民间传说，从战争事件到戏曲场景，从山川景物到花卉鸟兽，可以说浮世绘构成了日本江户时代的百科全书。

这种看似简单的绘画技巧，由于题材的广泛性，加之表达手法的奇特性，让西方人刮目相看。印象派大画家文森特·梵高对浮世绘十分着迷，以肉笔临摹了众多浮世绘，慢慢地将其流动起来，最终成就了他后"印象派大师"的地位。

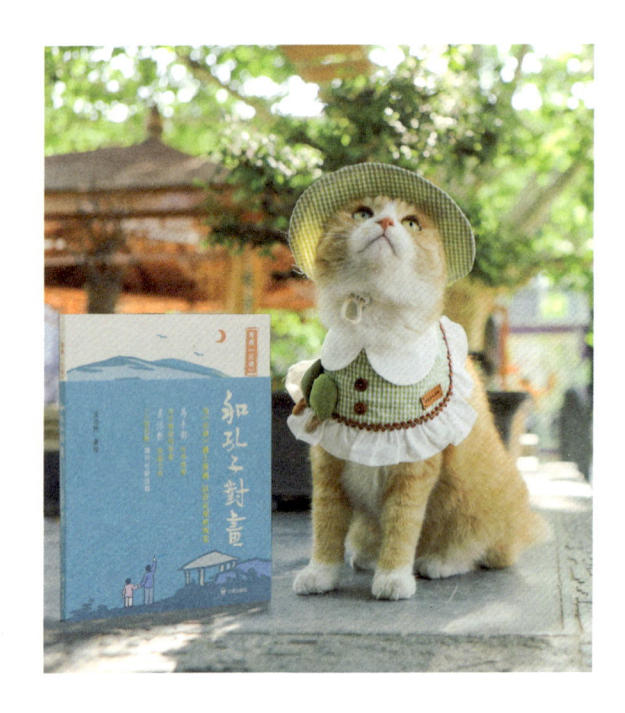

扫一扫，听我讲
本文背后的故事

  在这之后几十年的民国初年，丰子恺先生东渡日本学习油画，但在观察了大量的日本浮世绘后，发现了浮世绘深入民心的道理，将高雅艺术放下身段，浸淫于百姓生活之中，最终老少咸宜，妇孺皆知。随后丰子恺先生回国，开始了他的漫画之旅。

  "漫画"一词在中国出现一百多年，一般来说，丰子恺的连载漫画是公众认知漫画之始。在少有照片没有视频的年代，四格漫画霸占着报刊，漫画给大众带去了知识与快乐。在此基础之上，丰子恺先生又将漫画升格为风俗画，为百姓喜闻乐见，影响力之大之广之深，前无古人，后无来者。

  可惜这一大众艺术在画坛一直处于尴尬地位，传统画家不屑于这类简笔画，以为表达笔墨的高山流水、翎毛走兽方为正统，这种简笔单涂的版画效果的漫画难登大雅，故百十年来只有丰子恺先生一枝独放。

吴浩然先生曾任丰子恺纪念馆馆长，擅长临摹、创作丰子恺先生独特风格的漫画。前些年，我还邀请浩然先生为我一套《往事与旧物》配图，配图中的怀旧感正是丰子恺先生的创作精髓，也是我们后辈人的内心向往。

听闻浩然先生为《论语》配画，依旧选择丰子恺的绘画风格，通俗易懂，妙趣横生，我作为大众文学的推广者责无旁贷并欣然命笔。

是为序。

甲辰六月二十九日申时
——本文原为吴浩然《和孔子对画》序

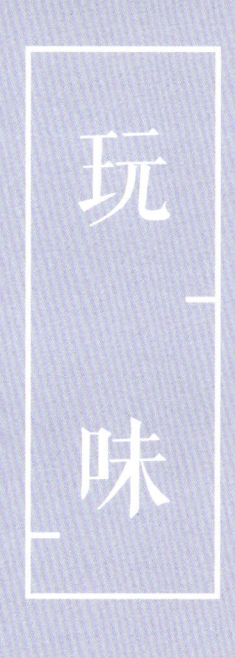

玩味

行走在书中的猫

猫与人类的关系可以追溯到很久远。按目前考古成果来看,大约有一万年的历史了。这一万年来,猫与人类若即若离,近时奉若神明,远时视为恶魔。时至今日,在世界任何一座城市中,都可以看到猫的身影,它们或游走于街巷,或懒散于家中,我行我素,自视清高。

这就是猫,一个由人类豢养、培育、改造的精灵。尽管猫的众多品种都是这两三百年来人类心血的结晶,但猫仍从内心保持着孤傲独立的品性,即便撒娇也把握好分寸,保持着自尊。

这十分难得。人类豢养的两大宠物,猫与狗,性格截然不同,狗在意主人的尊严,而猫注重自己的尊严。这一习性维持得久了,人们就会赋予它们社会学属性,这是一种普遍的认知,东西方无异:狗的文学描述都是诚实忠厚,猫则是虚伪狡诈。至少在众多的寓言中,猫都替人类扮演了不甚光彩的角色。

这非常有意思,从欧洲文艺复兴初期起,猫就开始改变厄运,无论扮演什么角色,都已是人类关注的对象。它开始与狗平起平坐,进入人们的家庭生活,由捕鼠工具渐渐地成为宠物。所有这些都被记录在不同的书籍之中,既有文字也有图画。某些时刻,猫为人类的行为与思想背负名声,负面为多,正面为少,这让聪明的猫情何以堪?

猫与人类的接触史有几个不可忽视的节点。最初对猫的豢养,

扫一扫，听我讲本文背后的故事

在一万年前出现于塞浦路斯，这十分合情合理——有一只猫的遗骸温馨地陪伴着人类出土于塞浦路斯。因为塞浦路斯地处亚非欧三洲交界之处，而猫至今畏寒的特性，使它的祖先源于非洲野猫成为基本共识。第二个节点是古埃及人养猫。猫在古埃及的地位极高，杀猫者如同杀人。猫在古埃及文明中是女神贝斯特，这距离今天将近五千年了，世界许多大博物馆里都有埃及猫神的形象，说明古埃及农业文明的成就——粮多需避鼠害。第三个节点可以具体说是1598年的英国曼彻斯特的首个猫展，猫作为宠物公开登上历史舞台。这是人类对自己以往无知的忏悔。度过欧洲中世纪的黑暗，猫也看到了光明，感到了温暖。从此猫的命运发生了根本性的转变，开始大量地介入文学领域。

我们今天是没有那么多时间、精力翻阅古人的书了，但总有有心人愿意吃苦尽心，在浩如烟海的图书馆帮人们找出历史的痕迹，让人类对猫这一特定动物的情感再次展现，有爱有恨，有误解有忏悔。当四千年来各类不同角度有关猫的文字及图画被一并呈现给我们时，我们才知道文化积累的魅力。

这本书就是作者米歇尔·萨凯与译者吴思博的共同努力。在我的阅读经历中，读这类书会事半功倍，这其实就是作者的心思。书中处处留下历史中有关猫的文化痕迹。比如1415年前后创作的《杜贝里公爵的豪华描金日课经》中，我们可以看见一只白猫倚在主人身边，对着炉火取暖，这说明猫的地位已提高至家庭成员，不再单纯的是捕鼠工具。到了18世纪，猫已经彻底变身为宠物，人们甚至把猫裹在襁褓里，其宗教含义和社会含义合二为一，温暖地体现了人类文明的进步。

我自幼受父亲影响，十分喜欢动物，中年以后，爱猫尤甚。思来想去，可能是猫的个性与习性都与中年以后的我吻合，所以猫在我的生活与工作中无处不在，对猫的了解也逐步加深。又由于观复博物馆养了几十只猫，每天都有故事发生，让我觉得我有义务为猫多说几句。

猫是以人类生活的物质帮手出现于我们之中的，今天它却以人类的精神帮手大显才华。上苍在垂青人类的同时，同样垂青了猫，让猫行走于文明、文化、文学之中，构成了纷繁的大千世界。

是为序。

己亥初夏
——本文原为[法]米歇尔·萨凯著；
吴思博译《行走在书中的猫》序

观复猫的出现是个宿命

对于观复博物馆而言,观复猫的出现是个宿命。这个宿命出现在一个雷雨交加的夜晚,花肥肥最先来到,一来就以主人的心态趴在办公桌上看我写作。从这一刻起,喵星人就走入了观复博物馆,走入了我们的心灵。

在与人类亲密接触的动物中,猫是最精灵古怪的,保留下

扫一扫,听我讲
本文背后的故事

来的野外习性最多。猫在屋中蹿上蹿下的，神出鬼没，无时不有，有又如无，让我们与它们的关系若即若离，相互看着度过每一天。

慢慢地，我们与猫的情感加深，观复猫的队伍日益壮大，最终成为一个完美的江湖。在这个江湖中，猫与猫、猫与主人、猫与客人、猫与文物自然而然地产生了四层微妙关系，让我们看见猫江湖中的恩恩怨怨，看见猫在主人面前的邀宠撒娇，看见猫对客人的不屑与献媚。至于猫在文物中的游走，本来就展现一幅跨时空的画面。

《观复猫演义》就此而生。此创作团队都是身在其中的人，与猫为伍，借猫之鉴照己之容，忽然发现我们和猫真的属于同类，只是它们更加幸福一些。由于观复猫庞大的队伍，让《观复猫演义》成为有源之水，有本之木，在真实存在的基础上发挥作家画家的想象，让猫们穿梭在真实与虚构之间，过往与当下之时，因而这演义不仅生动，还富于哲理。

这一季只拉开了观复猫登场大戏的序幕，至于未来如何，读者不知道，我们不知道，观复猫也不知道，天地宇宙更不会知道，那谁知道呢？

是为序。

2017.3.14

——本文原为《观复猫演义之咒言蜜语》自序

四虚可及喜乎欠

观复猫是一个神奇的团体,依附于观复博物馆生存,这个天然组合每天生发出许多故事,演绎出它们世界的情感,这情感与我们一样,有喜怒哀乐,有悲欢离合。

把观复猫们发生的故事记录在案、编辑成册,是一门功课;把观复猫想象的故事变成具象,是另一门功课,这门功课似乎更难,更具挑战性,因而我们愿意,观复猫们更愿意。

"四虚可及喜乎欠",这句咒语成为观复猫与未知世界沟通的法宝,所以就有了《观复猫演义之咒言蜜语》。这句咒语将载入观复猫的史册,让这句有来历有出处的大咒在未来的日子里大显神通。

《观复猫演义之锋言心语》紧随其后出生了。它更加玄秘,更富冒险精神,让观复猫们尽情肆意地去那个只有欢乐没有烦恼的"喵想国"探险,而这个入口就在观复猫每天生活的观复博物馆内。

当然这条通往幸福的道路不会那么平坦,注定有风雨有雷电,还会有敌人。花肥肥领导的观复猫的"GF计划",为了让所有的猫们都幸福,它们齐心协力与邪恶做斗争,希望达到"喵想国"的彼岸。

这种有真实又有虚构,有记录又有想象的创作,会激发读者的兴趣,在阅读中获得文物知识,懂得人生道理,知晓历史,

珍惜生活。无论读者年龄大小，大有大的乐趣，小有小的乐趣，因为今天的世界就是这样，人与人平等，人与动物也平等。

是为序。

戊戌夏至

——本文原为《观复猫演义之锋言心语》自序

让世界爱上猫

人类早期文明中很重要的行为就是豢养动物。这种行为从未间断，持续至今。在漫长的文明进程中，豢养动物的目的发生了微妙的变化，其中对猫与狗的变化最大。它们由人类生存的帮手转化为人类生活的陪伴——宠物。近一千年来，这种陪伴越发注重精神内容，让今人的生活色彩纷呈。

宠物，顾名思义是得到了人类恩宠的动物。人类豢养它没有经济目的，而只在意它的陪伴、观赏，用其缓解生活的压力。至少在宋代，猫就作为宠物早早与人改变了关系，避鼠功用退居二线，陪伴成为生活必须。所以陆游作诗曰："溪柴火软蛮毡暖，我与狸奴不出门。"他把他养的"雪儿"（猜测应该是只白猫），比作前世的书童，写下"前世旧童子，伴我老山村"这样动情的诗句。

宋诗宋画中留下了不少猫的形象，这对于后世了解千年前国人的生活形态十分有益。宋元明清乃至民国，猫作为国人生活不可或缺的一部分，在历史的舞台上，既不充当主角，也不悄然退场，而是站在它应有的位置，孤傲不失温暖，温暖而无谄媚，让我们体会它的存在。

无独有偶，这一点西方人也注意到了。度过中世纪的黑暗，猫在西方的地位日渐攀升，成为许多家庭中的成员。这一现象渐渐被人关注，于是作家、画家各显其能，记录猫的同时也记录快乐与温馨。

  1860年，路易斯·韦恩诞生在英国伦敦泰晤士河旁，由于他先天唇裂，说话吐字不清，性格腼腆，在外人看来就有些古怪。由于他家庭的职业特点——外公设计挂毯，母亲也是设计师，父亲是纺织品推销员，使得韦恩天天能看到美不胜收的图案。那时正值英国纺织业鼎盛时期。他便发挥着自己想象的空间，从最初的涂鸦，到后来的用心追求，逐渐显露了他的绘画天分。

  无意插柳柳成荫。韦恩在成人的日子里，肩负养家糊口的责任，又照顾患病卧床的妻子。他在病榻边为妻子画了很多猫，用以取悦身患重症的妻子。也许这是天意，妻子鼓励韦恩投稿，在1886年的圣诞节，他的《猫咪的圣诞舞会》在《伦敦新闻画报》以对页形式面世，150余只猫各司其职，布局丰满且不凌乱，深受市场追捧。这一年圣诞节，韦恩一举成名。

扫一扫，听我讲
本文背后的故事

后来长达半个世纪的日子里,韦恩用他那支画笔,展现自己的技能的同时,还展现了他惊人的创造力,天马行空,挥洒自如,造就了那个时代的猫的历史。韦恩与妻子都没有想到:一份最初最朴素的善心,最终能成为全世界的温暖。在创作过程中,韦恩将猫在黑暗中世纪形成的污名洗白,让猫不再是女巫的助手,而是光明正大地走进千家万户。

书中猫的故事离我们久远,但仍能拨动我们的心弦。在韦恩去世之后,他的画作以及故事长久地被人津津乐道,甚至还被拍摄成电影。无论是演员还是导演,无论是作家还是出版商,都对韦恩充满了敬仰之情。这份敬仰来自猫的故事,有关猫的一切,爱与憎,欢与愁,喜与怒。其实这些情感与人类的情感无异,很容易产生共鸣,所以我常说猫的江湖就是人的江湖。

这些年,猫作为宠物,大有席卷之势。猫可以让人类在纷杂辛苦的生活中获得慰藉,还可以在古今中外的猫文化中架桥沟通,让我们既能知道陆游的猫诗,又能知道韦恩的猫画。所有这些只有一个目的——让世界爱上猫。

我爱猫,猫也爱我。是为序。

癸卯夏至
——本文原为 [英] 路易斯·韦恩
《让世界爱上猫》中文版序

观复猫的诗与画

这是一本组合奇特的书。热爱铅笔画的画家小柴因喜欢观复猫，自己画了一张麻条条的画挂在网上，不经意间被我们发现，便邀请小柴继续为观复猫的其他成员作画，小柴欣然同意。在他留学期间，用了一年多的时间，他将观复猫花名册上的成员依次画了一遍，让观复猫的芳容永驻，栩栩如生。

至于"非非诗"则是另一个故事。2017年夏季，我去南非参加野生救援组织（WildAid）的公益活动，在非洲有感而发，写下一些长短句，不拘形式，当时将其戏称"非非诗"，意思

扫一扫，听我讲
本文背后的故事

是在非洲写的不是诗的诗。非洲之行，"非非诗"共写了七十余首，回到北京后，一天一首发出，发完后网友仍想再看，我们只好将这一新创的形式固定下来，写文物，写观复猫。

三年来，"非非诗"总阅读量达三亿，后来又有许多读者参与了创作。出版这本画册，将我专门为观复猫写的"非非诗"抽出来，让铅笔画与"非非诗"一一对应，这是它们的缘分，堪称绝配。

《观复猫》自诞生以来，出版物先后有几十种了，每种图书都有特点，都可以辅助了解观复猫。这是史上最有文化的一群猫，肩负着文化的重任。猫虽说是人类培育的宠物，但今天却扮演着人类心灵治愈师的角色。我说过，过去是我们拯救了猫，今天的现实是，在某种意义上，是猫在拯救我们，让我们的精神愉悦放松，让我们的生活绚丽多彩。

是为序。

庚子芒种
——本文原为《观复猫：妙笔生猫非非诗》自序

四季轮回,生命不息

诗歌是中文最古老的文学表达形式。从先秦的《诗经》起,三千年来从未间断。它最广泛地表达了每个时代人的情感,融进技巧的同时也融进了思想,让后人时隔几百或几千年,仍能有效地触摸到创作者的脉搏,隔空感受诗人彼时的心境。

诗歌的发展脉络清晰。先秦《诗经》作品以四字为主,节奏铿锵,朗朗上口;汉魏时五言出现,节奏多了变化,内容变得宽泛;到了隋唐,古诗渐变,近体诗优化崛起,平仄韵律对仗等限制要求,让律绝戴着镣铐跳舞,出现了空前绝后的大量佳作。至于词牌的填写,除满足于市井的需求,也给了文人内心释放的机会。这种现象一直持续到清代末年,直至西风东渐,新诗才与译制诗相伴登场,一反传统的诗歌创作,长短不限,句式无拘,没有任何限制发挥的规则,只让诗歌剩下最本质的东西,即创作者的情绪。

新诗与旧体诗之间隔着天堑鸿沟,两种创作虽统称为诗,但完全是两股道上跑的车,走的不是一条路。旧体诗有多条规则限制创作,而新诗没有任何羁绊,创作时随心所欲。正是这种"随心所欲",让新诗创作难上加难,一百年来,公认好的新诗不多,有影响的新诗更少。

即便这样,仍挡不住文学创作者的热情,一百多年来,每时每刻都有新诗出现,从徐志摩的《再别康桥》到朱自清的《毁

灭》；从闻一多的《七子之歌》到冯至的《蛇》；从戴望舒的《雨巷》到艾青的《大堰河，我的保姆》；从食指的《相信未来》到北岛的《回答》；从顾城的《一代人》到海子的《面朝大海，春暖花开》。新诗虽无规律可循，但仍磕磕绊绊地一路奔波，奔向未来。

而古诗，无论古体诗，还是格律诗，自诞生之日起就从无间断，至唐达到峰巅，尔后的宋、元、明、清、民国乃至今天，仍有千千万万的爱好者火种接力，生生不息，让古诗与新诗一道，传递着文学的光明。

好友英杰，文学有梦，诗中多情。无论新诗之节气时序，还是普通的日子，抑或古体诗词，都倾注了真情实感，吐露了心声。所以古人说："诗言志，歌永言，声依永，律和声。"细细读之，钟响磬鸣。

是为序。

辛丑五月廿六日
——本文原为杨英杰《四季歌》序

野蛮才是文明的动力

人类的文明史严格地讲是一部不文明史。因为最初的人类相互杀戮,弱肉强食,毫无怜悯之心。人类作为一个物种,至今生活在这个星球实属侥幸。度过了黎明前的黑暗,人类才得以喘息,开始思索一个问题,我们是谁,将向哪里去?

我们自诩已进入现代文明,跨过农业文明,走过工业文明,进入信息加智能革命,未来理应一片光明。我们在探索宇宙空间和脱氧核糖核酸时,打开了前人从未打开过的宏观与微观的窗口,内心颇有一丝得意。其实,这在上苍眼中,显得十分幼稚可笑。我们已获得的有限文明,并不是由文明推进的,而是由野蛮推进的,野蛮是文明最大的动力,"文明"其实非常懒惰。

《进击的智人》在讲述这一过程时,讲述得颇为认真且饶有兴趣。人类今日壮大,成为可以灭杀一切的物种,也成为可以毁灭地球的物种。如果有一天人类即将告别这个星球,我们又有机会反省一下的话,我们从哪一天哪一刻起踏上不归路?是发明了这个星球自己不自然生成的化合物,还是发明了大规模的杀伤性武器?是培养出人类无法抵抗的超级病毒,还是依赖人工智能生老病死?人类在匮乏的日子造就了自己,那在富裕的时候还能继续造就自己吗?

问题多多,几近无法解答,甚至无从下手。人类在今天实际是慌乱的,毫无章法。甚至连人类发展初期的共情都丢失殆尽。今天的人类，相助不及相杀，相助是假象，相杀是愿望。只不过文明让我们把野蛮打扮一番，捧上鲜花登门。自文明以来，我们所有的最先进科技，首先应用在杀人武器上，至今仍毫无悔意还变本加厉，以致我们人类今天的处境不比两三万年前濒于绝种时强多少。

可我们浑然不知，全世界最发达、最强大的国家都把未来战争当作头等大事，武器的进步呈几何级增长，杀人概念的翻新让人痛心疾首。人类走到丰衣足食这一步多不易啊！曾经的母爱让人类的儿女日渐强大，这种爱护弱者的高明之处今天回想起来无比温馨。我们身体的改变与脑容量之间的改变，让人类脑力与体力匹配得更佳。人类在远古动物界中由弱小逐渐强大起来，聪明起了决定性作用。

时至今日，我们亟需科学帮助，文学辅助。这本书抽丝剥茧，始终拽着人类生命这一游丝，小心翼翼地从远古走来，让我们

扫一扫，听我讲本文背后的故事

在阅读中重新认识自己。这一本书有两本书的量，作者也标明了第一部分、第二部分。依我看，此书分上下篇章为佳，因为上篇是自然法则，下篇是人义法则。

人类文化还没有产生时，依然有那时的文明，欺软怕硬，委曲求全，抱团取暖，这种"文明"最为纯朴，反为生存赢得机会；人类获取文化之后，阶级产生，有了领地意识、私有财产，人类立刻变得无比贪婪，人不如兽，还用发明的文字戕害同类，戕害动物。即便到了今天，我们对动物仍缺乏一颗善待的心。

站在今天的时间节点上，我们看动物的处境，实际上就在看我们自己的处境。这是一个生存的镜像反映，人类实在是假聪明，特别自以为是，又缺乏制约条件，想想真不寒而栗。

毫无疑问，我们进入了一个信息爆炸的时代，利弊相随。好处是几年即可获得过去一生的信息，坏处是在海量信息中不知所措。读一下河森堡的《进击的智人》会有收获。据说是作者的处女作，能有如此高度，印证了古语：后生可畏。

搜古察今，深谋远虑。

是为序。

戊戌十月初五夜
——本文原为河森堡《进击的智人》序

尼安德特人：我是谁

我长得很像母亲，圆脸，皮肤光洁少须；与父亲棱角分明的长相差距很大，也不似他那般络腮胡子浓重。我对我的出身一直好奇，我从哪里来？祖上是哪里的人？

父亲早年背井离乡，戎马抗战，活下来是个侥幸。在我的山东荣成镇铫岛老家村里，只有我们一大家族姓马，孤独一支。幸亏曾祖父修了份家谱，我们才能查到马家于永乐四年（1406年）由安徽迁徙至山东文登。如果再往前溯源，安徽马家定由陕西扶风马援一支扩展而成。有一说法，天下汉马皆源于此。

这对我来说，更像一个传说。我年轻时就希望有一天能通过科学手段，清晰地告诉我，我是谁，来自哪里，我身上是否留有异族的血液。这在过去就是个神话，只有上苍能够知道。我们在这神话的笼罩下，磕磕绊绊地前行了数千年，直到脱氧核糖核酸（简称DNA）的研究成果出现，我们才看见自己生命的链条是那么诡异，那么绚烂，那么不可思议。

我们这么一个伟大的物种，这么渺小的一个个体都与DNA有着密不可分的关系。我们的长相、肤色、头发、眼睛等一切，都由这么小之又小的分子链决定。而决定我们每个个体诞生的那一刻，是男女生命最伟大的碰撞，这一刻不光有快乐和希望，还有上苍那只无形的大手。

这就是我们的基因。达尔文一百多年前就告诉我们：我们

扫一扫，听我讲
本文背后的故事

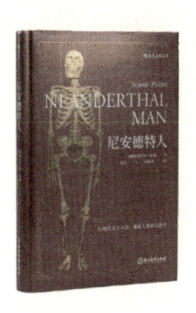

南方古猿　　能人　　直立人　　　　　　　　　　智人

只是一个物种，由黑猩猩分支进化而来。科学家们估计，大约距今 500 万至 700 万年间，人类从黑猩猩的共同祖先分支出来，后发展成若干人属物种，但不幸的是均已告绝。这些灭绝的包括我们熟知的北京人、蓝田人、元谋人等，也包括栖息在欧洲大陆的大名鼎鼎的尼安德特人。

我最早知道尼安德特人是通过一部电视片，这部电视片的细腻无限吸引了我。它在讲述史前文明时，不停地提示我们人类生存的不易，包括我们今天主宰这个星球实属侥幸中的侥幸。由于基因技术的进步与使用，现在几乎已经确定我们这些除非洲之外的现代人都是尼安德特人与非洲智人的后裔。

我们身上居然有尼安德特人的基因？那么，我们真应该向我们的祖先致敬。由于他们不懈的努力，在浩瀚的宇宙空间下，在广袤的大自然中，才有了我们人类幸福的今天。其实，仅在数万年前，人类还是个濒危物种，度过了人类历史上的最黑暗时刻，我们才以爆炸式形态迅速占领这个星球。

毫无疑问，我们人类今天处在智能加信息革命的节点上，我们的生活将发生巨变。此次革命不仅将左右人类文明的走向，更重要的是还让我们深刻地知道了自己。《尼安德特人》这本书无疑是一个极好的范例。多了解一些我们未知的领域，就会帮我们在未来的时刻争取一些主动。

《尼安德特人》一书的著者、译者我并不相识，出版社希望我为书作序，这让我诚惶诚恐。对于科学，我是外行，本应谨言慎行；但我实在太喜欢这样一部科学领域中的文学之作，文学中的严谨科学表达。我们每一个人的成长，一方面需要人文的滋养，另一方面还需要科学的哺育。

谨向著者、译者致以真诚的敬意。

是为序。

2018.3.5 深夜

——本文原为 [瑞典] 斯万特·帕博著；

夏志译《尼安德特人》序

不正经西方思想史

"思想"一词在中文语汇中出现得很早,但与今义完全不同,常做"想念"解,例如曹魏文学家应璩《与侍郎曹长思书》说:"足下去后,甚相思想。"亦有当"考虑"解,例如《黄帝内经·素问》有"外不劳形于事,内无思想之患"之句;至于与我们今天对思想一词贴近的理解,倒是汉译佛经中的第三蕴"色受想行识",此时的"想"已具备了"思想"的含义。"思想"一词经过了两千年的演变,在清末西风东渐时渐渐形成了今义,按一般辞书的解释,思想是思维的结果,是形成的观念,也是认知的心理历程。

这让"思想"充满了哲学的意味,凡受过教育的人特别怕别人说其没有思想。思想形成的路径可以简单地分为两条线——东方和西方。东方以先哲孔子、老庄及诸子百家形成感性人文关怀的东方思想,西方则以苏格拉底、柏拉图、亚里士多德三哲共同的理性原则,为西方思想奠定了基础。在东西方感性与理性的两条路径中,二者平行前进了两千多年,直至东方的帝制大厦崩塌,西方的资本主义革命成功,东西方哲学才有机会让公众参与相互窥视,慢慢地找出对方与己不同的地方。

东方哲学思想毫无争议地出现于春秋战国时期,诸子百家形成了相互争鸣的局面;这是中国历史上思想最为璀璨的时代,极具鲜明特征。这种繁荣局面持续了数百年之久,直至西汉大

扫一扫，听我讲
本文背后的故事

儒董仲舒的出现，天人感应得其发挥，阴阳五行，相生相胜，在汉武帝大一统的思想推动下，董仲舒的"罢黜百家，独尊儒术"的建议得以推广，之后的两千年，至宋时程朱理学的加持，让儒学一支独大，独领风骚。

在古代，国人对西方思想知之甚少，强调道德教育，忽视宗教学说；着眼现实社会，轻视精神追求……久而久之，我们对看不见的东西不但轻视，还从内心抵御，使大部分人错过了了解西方思想，尤其哲学思想的机会。

我觉得了解东方思想的国人应该补上西方思想史这一课，知己知彼，唯物唯心，物质精神，其实缺谁都不可。但西方思想与东方思想大相径庭，了解起来并非易事，所以就有人提供捷径，将自己学到的专业——西方哲学及其思想，写成短文，诙谐清晰，妙趣横生，抽丝剥茧，寓教于乐。

我对西方思想史的了解仅是皮毛，从未系统地读过这类著作。偶然的机会看见乔木先生的视频文章，颇感新奇，又受启发，对于我这种需要补课的读者，阅读此书可谓事半功倍，以小识大，由此及彼。

乔木先生邀我为其专著作序，三推不掉，勉为其难，是为序。

壬寅大暑
——本文原为张乔木《不正经西方思想史》序

寒夜的音乐篝火

我是一个音乐盲,但知道瞿小松。说起来我们算一代人,有过类似的经历。比起受苦受罪,大概都差不多,那个时代不会留太多的幸运给某一个人。若比起幸运幸福,我估摸也差不多,每个成功者都会付出超过常人的努力。

小松的新书《音乐闲话》我抽空读了。说老实话,我读书有癖,珍惜选择,因时间太少,生怕浪费工夫。不懂音乐去读《音乐闲话》显然是被某一点吸引,否则几分钟后就会被我随手一丢。

如果小松只谈音乐,估计我就无法奉陪了,不是不愿,实为不能;但我读出了音乐之外的东西,就是古称弦外之音的那个音,其乐无穷。这个乐趣,解开了长久以来困扰我的那个藤缠问题,让我知道我为什么有时听见某一段音乐会心动。

我曾经偶然买过一个CD——《隋唐音乐》,日本人演奏并出版的,曲调苍凉滞涩,悠远而富有看不见的力度,我第一次听时几近潸然。翻阅说明文字,才知这些音乐是由当年遣隋史、遣唐史带去日本的,在日本原汁原味地保留至今,在中国反而不见一丝踪迹。

我一直以为我国的音乐是弱势,没有大师。注重品牌建设的西方人张口就是贝多芬、莫扎特、门德尔松、巴赫、肖邦等,而我们只有盲人阿炳的如泣如诉……但在《音乐闲话》里,小松以其不容置疑的专业地位告诉了我们许多弦外之音,包括美

扫一扫，听我讲本文背后的故事

学、哲学、宗教的含义，让我这样的音乐盲在寒夜看见远远的篝火，尚未走近就浑身温暖，于是围坐起来烤火。

我们心中的温暖实际上来自先哲的思想。我们自己单调的思想总是孤寂阴冷的，如得不到救赎就会孤独而去。所以，我们不仅需要文学，需要音乐，我们还需要美学，需要哲学，需要在肉体苦难之时、饱暖之时有一种宗教情绪的追求，否则形同走兽。

小松给了我提示，让我冥冥之中抓住了"道"与"艺"的区别。我们做事，强调"艺"，强调"术"，比如茶艺、武术；而高手则强调"道"，比如茶道、柔道。在道与艺之间，实际上泛着一种空灵的思想，只可意会，难以言传。如果强说，常常被人说成"禅"，禅之本义为排除一切杂念，乃老子之说的无中之有。

我们一生中少了什么自己都会知道，但多了什么可能就不知道了，但小松知道。读了此书，我也知道。

2009.12.6 夜

——本文原为瞿小松《音乐闲话》读后

光影下的黑白

摄影技术在其发明的初始阶段就迅速被利用来为人体艺术服务,这与西方早期绘画艺术中人体绘画的比重有关。更为准确且直接表现人体之美,摄影无疑起了决定性的作用,它使人体摄影走向两个极端——色情与艺术。

摄影的发明曾经给传统美学带来过困境。多数摄影家在摄影语言的表达上显得犹豫不决。由于摄影术的普及,艺术极易向世俗妥协。这就是十九世纪为什么是视觉艺术嬗变的一个世纪,也就是摄影术长时间徘徊在视觉艺术边缘的根本原因。

作为人体摄影艺术,摄影家所面临的困难是如何摆脱色情的成分,使之出淤泥而不染。撇开技术不谈,在摄影家的主观

扫一扫,听我讲
本文背后的故事

镜头中，在摄影灯的客观光影下，净化灵魂的确成为一道难题。

朱洪宇先生知难而进。

我们欣赏这本画册时，实际上在欣赏一个艺术家的创造之力，感受艺术给我们带来的愉悦。这种愉悦，虽因人因地有所不同，但高下之分明确。摄影家朱洪宇先生使用了大量的艺术手段，将人体原生态的色情部分涤净，展现出的是纯净的视觉表达。

最简单的视觉表达实际上是最困难的视觉表达。一个摄影家面对这样的要求往往望而却步。朱洪宇先生在人体摄影这领域却没有这样，而是冷静地拿起上帝发给每个人的这支"自然的铅笔"，艰辛地描述他所想表达的画面。

我们有必要在此重温一下美国摄影家杰贝兹·休斯（Jabez Hughes）在1861年的论述。他将摄影实践一分为三：机械性摄影、艺术摄影、高雅艺术摄影。他赋予第三者的定义为"比艺术照片更具有高尚目的，给人以教益，净化心灵"的摄影。休斯先生在150年前所强调的艺术道德功能，至今仍为艺术领域最高的精神标准。

人体摄影领域自摄影术发明以来就是非不断。朱洪宇先生的此次实践，所付出的艰辛并不是我们理应赞颂的，我们理应赞颂的是在今天世俗的喧嚣中那清晰可闻的梵音。

是为序。

——本文原为朱洪宇《黑白人体》序

穷游野导

我成年之际,在屋里悬挂了一张地图,发誓要走遍祖国的大好河山;每去过一个地方,就在那个地方重重地描绘一下,坐车去的就按地图弯弯曲曲描上路线,坐飞机去的,就两地用尺子打上一条直线,时间久了,北京到全国各地形成蛛网一样的印迹,散发着成就感。

在没有影像记录的古代,游历被古人极为看重,读万卷书必须配备走万里路,走万里路更能凸显个人的价值所在。所以大诗人大文人都以游历为荣,写下不朽文篇。曹操不临碣石写不下《观沧海》,谢灵运放浪山水,探奇览胜,方有《山居赋》;李白不由秦入蜀,断然发不出《蜀道难》的感慨;王昌龄深入塞外以求边功,才有《出塞》和《从军行》;苏轼不遭乌台诗案贬谪黄州,也不会写出《赤壁赋》系列,而欧阳修的《醉翁亭记》写得摇曳生姿,一唱三叹,完全依赖摆脱朝廷束缚的结果;元好问并州赴考,道遇猎者,买雁安葬,写《雁丘词》,拊膺自问:问世间情为何物,直教生死相许;马致远不远去浙江阴柔地,就感受不到家乡"古道西风瘦马"的苍凉……

凡此种种,都依赖于走出去,眼界放宽。尽管今天有了视听设备,可以足不出户,日行万里,但仍不及亲力亲为,用自己的脚丈量世界,用自己的眼记录美景。我年轻时就有这个朴素的想法,要亲眼看尽祖国的名山大川,看尽各地名胜古迹,品尝不同风味的吃食，欣赏风格迥异的风土人情；这一美好愿望让我背起背包，装上一身换洗衣服，带上肥皂和牙具，就心无旁骛地出发了。那时真的是穷游啊，没有预订住处，走到哪儿算哪儿，从未嫌过住宿条件差，在什么条件下都可以安然入睡，畅享明天。

就这样，我年轻时就走遍祖国四极，北至漠河，南至西沙，东到抚远，西到红其拉甫山口，祖国大啊，不迈开双腿不知祖国幅员之辽阔，不瞪大双眼不知江山色彩之绚丽；在穷游的路上，打探来的风土人情都是相遇者或同行者随口说的，野马无缰，闲云孤鹤，也让我获得许多难得的知识。从这点上讲，任何途径得来的知识都是知识。

穷游应该是每一个青年人的心态，更应该将其付诸行动。我不主张年轻时富游，即便你家财万贯，坐私人飞机肯定获得不了在路途之中的感受，而感受对一生最为珍贵。

野导，也会是每一个游人获得知识的主要途径，任何一个信息传递只能代表个人的表达，严格意义上说，无论谁荣膺此责，也依然是野逸导览，让游人解一时之渴，并不能饱一世之饥。

这套导览游历丛书仍是我个人之狭隘传达，虽洋洋数十卷，但仍是沧海一粟，未能完整表达祖国之大好河山。老子说：贵以贱为本，高以下为基。《马爷带你游中国》就本着这一原则，让穷游终成富有，汇野导积累文明；游历为乐者随身翻阅，闭门不出者可神游天下。

是为序。

甲辰立夏 四月初四戌时
——本文原为《马爷带你游中国》序

镜头之下，见证历史

讲述故事还是颂扬历史，过去靠的是一支笔，1839年之后，人类发明了镜头，它使记录变得客观性多于主观性，并更多地由贵族化倾向平民化。

创造文字本身是一个抽象的过程，使用它时就不可避免地再现个人想象的空间，因此局限。

改变局限，创造无限，是摄影的追求。至于个人，在这种文明的追求中，又加进了表现其思想特质的主观性。这又让摄影由单纯趋向复杂，让这门最年轻的艺术成为最丰富多彩的艺术。

摄影术发明之前，人类记录图像非常奢侈。即便摄影发明之后，在十九世纪也还是少数人的专享。当摄影成为新闻的表现手段，当瞬间成为永恒，我们才知道自己有多么幸运。

每一个时刻都是重要的。

每一个事件都是重要的。

因此，记录每一个时刻，每一个事件的人就显得尤为重要。

《红色新闻兵的红镜头》是李振盛先生香港回归的见证，十年一瞬，让我们重温历史。

香港的百年（1897-1997）历史是中华民族近代史上的一个耻辱，香港回归的十年（1997-2007），却是我们民族一个良好的开端。用镜头通过平民化的视角记录那激动人心的一刻，李振盛先生只是其中的一位。

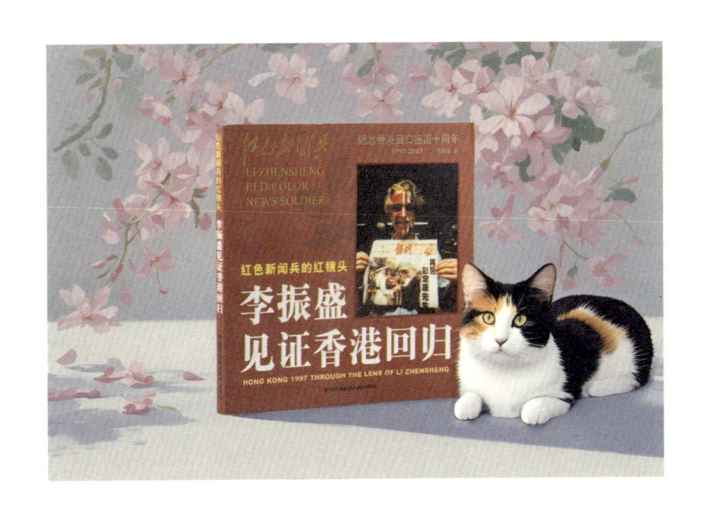

所不同的是，李振盛先生是一位以新闻摄影为终生职业的知名摄影家，而记录香港回归又不是他为职业所服务。职业的敏感让他的每一个镜头在相同中体现不同，在不同中拥有相同。

怎样拍摄，是摄影的初始阶段；谁在拍摄，是摄影的另类标准判断。这个判断，实际上是经历、美学、观念，以及技巧的综合体现，因此显得独特而优越。

这种优越包含了摄影家的全部修养，包含了他对一个事物的价值判断，摄影于他不再是单纯的记录，而是一种内心世界的充分表达。

德国的摄影批评家沃尔特·本雅明（Walter Benjamin）认为：大众传媒揭开了人类历史的新纪元，产生了一种完全自由的文化。实际上，当这种"大众传媒"不再功利化，不再明显拥有指向性，它就更加接近这种"完全自由的文化"。

这正是李振盛先生《红色新闻兵的红镜头》的价值所在。

——本文原为李振盛《红色新闻兵的红镜头》序

随手一拍，幸福自来

观复博物馆有一支观复猫队伍，几十只猫个个有名，观复猫也借势声名远播。参观观复博物馆，顺便撸撸猫，成了爱猫者行程中的必备程序。由于手机及照相功能的普及，观复猫们留下了大量的生动美照，因而有了这本书《观复猫：博物馆的美一天》。

观复猫是一个非常幸福的群体，先来后到都不会影响它们的情绪，但却会影响它们的猫生。在博物馆里，观复猫之间，它们与主人或客人之间都形成了微妙的关系，这个关系推动了观复猫与博物馆的宣传，让传统文化在这里显得生动亲切，并易于传播。

工作人员每时每刻都会关注它们，随手拍下了许多珍贵的镜头，这镜头中有单纯的大美照，也有情绪万端的小场景。参观的客人不仅接受了文化的熏陶，也能看见观复猫优哉游哉地游走于文物之间。他们随手记录着感染他们的瞬间，这些宝贵的镜头一次次将美好定格，成为观复猫的永恒。

主人与客人共同对观复猫们给予了关爱，利用现代化的设备将失去的时光固化，然后编辑，玉成此书。这是一本极为独特的书，作者也不是专门的作者，而是一群互不相识的人，他们的时空交错，记录方法简单，随手一拍，就让这一奇特的社会文化现象成为大众的盛宴，继而提供精神上的休闲和传统文

扫一扫，听我讲
本文背后的故事

化的营养。

  为观复猫出版这样一本强调互动的书，乃今天社会的特性。我们虽然是主人，筹办了观复博物馆，培养了一大群观复猫，只不过是为社会尽力而已。而你们，不论是来参观的观众，还是阅读此书的读者，从某种意义上讲，你们才是主人，甚至是主人的主人，所以才有了这本身世奇特的书。

  为观众与读者出书，让每一位来博物馆参观的人都可能成为作者，这世界还可以更好吗？！观复博物馆是幸运的，观复猫是幸福的，我们愿意让读者看见这个幸福。

戊戌端午
——本文原为《观复猫：博物馆的美一天》自序

含香体素，寻觅本真

残砖断瓦曾是中国文人的情怀，尤其清代"乾嘉学派"兴起之后，凡带文字或纹饰的砖瓦都成为文人追逐的目标。明末清初大儒顾炎武作为清学的开山鼻祖，亦为"乾嘉学派"的创始人，他强调经世致用，提倡"朴学"，讲究无证不信，故对历史遗存视若拱璧，把玩遗珠乐此不疲。

古人从片瓦残砖中捕获出文化信息，不仅滋养文人士大夫

扫一扫，听我讲
本文背后的故事

的身心，还平添几分生活乐趣。让秦砖汉瓦成为案头的陈设，跨越千年乃至两千年，品味不请自来。中国文化的延续性就在于已消亡的某种文化不知何时何地遇知音，即刻起死回生。残砖断瓦是，陶瓷残片亦是。

凡三十年来，中国大地基建密布，不期而至的各类陶瓷残器残片层出不穷。窑址积累的废弃物默默委身地下几百年，重见天日时恍然不知所措。直到有一天，有人发现了残器之美不亚于整器之丽，残片之缺不在乎整器之全，好事者以高超手段将其黏合，让今人窥见历史一半风貌。

这已算是后人的福分，有更好事者将黏合之器借纸笔又一次再现，在真实情景与虚幻环境之间，画家用笔墨诉说，只可意会，不可言传。观者自有感触，深浅悲欣不同而已。

今日画家可画题材广泛，但以文人心态绘制新时代清供的并不多，尤以陶瓷修复残器为本，添以个人情趣，小品大样，宿利群先生意在笔先，费尽心机。

其实绘画的精髓真不在技法，独在心机。

是为序。

丁酉六月初四
——本文原为宿利群《含香体素》序

建筑与烹饪，美美与共

按说烹饪与建筑是两件不搭界的事，可偏就有人把这两件事完美地结合在一起。在赏心悦目的建筑环境中用上一餐美味佳肴，让色香味与形光线融为一体，此时方知饭菜之色香味并非仅是口舌之快，而建筑之形光线也并非仅是一时视觉之娱。

北宋有个建筑学家叫李诚，字明仲，家学渊源，至少四代人在朝廷为官。北宋时期，社会渐渐富裕，盖房者众，李诚作为"将作监"开始为官廷做事，把握建房品质与原则。久而久之，对营造之事了如指掌。绍圣四年（1097年），李诚奉旨重修《营造法式》一书，历三年而成，于元符三年（1100年）刊行，全书三十四卷，为宋时营造房屋官方之规范。此书影响后世至今，李诚可称营建鼻祖。

清代乾隆时期有个文人叫袁枚，乾隆四年进士，为官知县，四十岁时告归在江宁（今南京）筑随园，随遇而安。袁枚的文人之名不如其美食之名，《随园诗话》不如《随园食单》让人津津乐道。袁枚以其文人细腻之笔触，将乾隆时期富庶江南的烹饪技巧不露声色地记录于纸上，凡菜肴326种，蔚为大观。

李诚与袁枚间隔七百年，按说两个人也没有任何关联，唯一强拉硬扯的关系就是两人的著作都长时期地作为后世之范本，凡建筑凡烹饪都以此为据，享其中之乐，得其中之精。搞建筑的不懂《营造法式》，学烹饪的不知《随园食单》，会成为行

扫一扫，听我讲
本文背后的故事

业笑柄，愧对祖宗。

北京东西有两个健壹，东为健壹公馆，西为健壹景园。两处健壹的主人乃为一人。说其是建筑设计家，凡来用餐的宾客又尽享烹饪之绝；说其是烹饪美食家，又让饮食男女们陶醉于建筑的绚烂之中。享一事得两事之乐，北京除健壹两馆绝无他处。

我与健一先生相识多年，欣赏他做事的态度。一个人在世上混，无非做人做事。做人需要长期厮混方可知晓，而做事则窥一斑可见全豹。去健壹东西两馆，早春晚秋盛夏隆冬各有其美，融建筑于环境之中，布美食于餐台之上，一年四季不论何时，去健壹都是一份绝佳享受，都有一份人生感悟。王阳明讲知行合一，他说"知者行之始，行者知之成"，知易行难，所以朱熹早早告诫："论先后，知为先；论轻重，行为重。"看看健壹东西两馆，方能体味知行关系。康健一先生以一人之力，在当今纷杂的干扰之中，将两馆于滚滚红尘凸现清流，实属难能可贵。

建筑自古就分南北两宗，南宗北派都源于地貌环境、人文累积及四季变换。南派建筑于青山绿水之中多显阴柔之美，而北派，春夏秋冬四季分明，阴柔阳刚、凄寂残酷各有其美，让美美与共，于四季分明之时，忘春夏秋冬之变，此乃健壹营建之法。把营建之法著书为志，再融入美味佳肴，算是一份功德。

精心做事，大气为人，方有此书。健壹两馆出书记录历程，可喜可贺，匆匆几言，记心于字，记情为义，是为序。

丁酉小满
——本文原为康健一《健壹营造志》序

小物语，大情怀

俞悦主编一本航空机上的杂志，我又经常坐飞机出门，早年出门时还会带上一本书算是依赖和消遣，可近些年出门频繁加上精神懈怠，就犯懒不带书了，在飞机上有什么就看什么。随缘翻到《中国之韵》，这杂志不是传统的那种面面俱到的机上杂志，而是以中国文化为主。我是编过杂志的，先看卷首语，上面签着俞悦主编的名字，字体舒张，我凭经验以为是男人。

杂志办得用心且专业，很合我的口味。回到办公室就按杂志上的电话联系，希望能按期得到它。没承想接电话的正巧是俞悦，听声音才知是女性，于是如此这般聊了几句，杂志也就寄到了观复博物馆。

后来一来二去地就和俞悦熟了，时不时地发个信息，偶尔约着聊个天，对她的过去也多少有些了解。俞悦快人快语，文章写得也是如此。每期卷首语都寥寥几笔将这期的宗旨说清，其中你会自然而然地将她的辛苦体会，将她的意图弄清。我当编辑时老和别人说，不看卷首语是个阅读吃亏的事，不看俞悦写的卷首语就更是这样。

俞悦的文字娓娓道来，不疾不徐。可以看出她曾下过功夫，有过磨砺，也可以感到她曾有过的对传统文化的痴迷，所以文字之间常常流露出而不是挤出文化韵味。《中国之韵》共出版了多少期我不得而知，俞悦写过多少篇这类小文我也不得而知，

扫一扫，听我讲
本文背后的故事

只知道她是一个女子，对文化有敬意。

女子对文字的感受总与男人有所不同。男人力求解释社会，女子总爱解剖自己，所以天下就有男子女子两种文字。如果你对文字敏感，是可以在字里行间知晓作者性别身份的。无论作者如何隐藏自己的性别，他或她也不可能将人性中最为特殊的两极完全隐蔽，他或她也会在不经意时敞开心扉，让读者看见性别之心。

俞悦的小文结集出版，取名《小物语》。物语本不是中国固有词汇，属于日本平安时代的文学体裁，日本最著名的《源氏物语》距今已逾千年。简单地说，物语就是故事，但起名就是两个思路：中国的"故事"讲述的是过去的事情，日本的"物语"表现的是万物的谈论。在故事和物语之间，前者注重精，后者注重神，说来也算复杂，故事多为神中之精，物语应为精中之神。

而读者在乎的则是精神。

是为序。

2015 年元旦
——本文原为俞悦《小物语》序

奇葩逸丽,淑质艳光

中国人用竹的历史在早期文化中多有呈现,因竹易朽,留下的实物并不多。竹简与木牍为中国古代书籍存在的最初形式,汉以前的大量文献就是因为简牍而保留了下来,让后人有幸看到《论语》《尚书》《礼记》的最初模样。

与竹相关的事物多与文化和日常生活相联。文房有笔、笺、简、簿、籍,乐器有笛、笙、竽、管、筝,工具有笱、笼、筌、篓、箱,用具有笏、筹、签、箸、筅,等等。不一而足。这些例举的文字均在东汉许慎著的《说文解字》中有注释,字义古今相差无几。由此可见,竹文化的生命力之顽强。

在浙江良渚文化遗址中,发现了竹席、竹篓、竹篮等文物,良渚文化距今五千年左右;后又在湖南高庙文化遗址中发现竹篾垫子,竹篾经纬清晰,孔目排列大小均匀。而高庙文化至少早于良渚文化两千年。以竹为用到以竹为友,古人在漫长的文明之路上一路前行,从未抛下过中国绝大部分尤其江南地域随处可见的竹子。而竹子以其韧性、中空、速生、耐寒等特性获得文人的好感,与松梅一道成为岁寒三友,又与梅兰菊一起,成为四君子。竹具有崇高坚劲之节,又有虚怀若谷之心,自古以来文人不吝溢美之词,画家不惜丹青笔墨,将竹文化推至圣洁领域。

《诗经》咏竹:"瞻彼淇澳,菉竹猗猗。"《史记》载竹,"渭川千亩",竹园官营。晋人戴凯之始著《竹谱》,待元人李衎收录《竹谱》时，竹的种类达三百三十四种。到了明人朱松邻刀下，竹已变纸，故事书法篆刻皆跃然于上，以刀代笔，变大千为小景，著宏观为细微，让竹艺到此焕然一新。虽唐代文献有载，其时竹刻"人马毛发，亭台远水，无不精绝"，而宋有工匠詹成，"雕刻精妙无比"，但均限于文字，无实物存世。朱松邻以《松鹤图笔筒》展现技巧与才华，苍松老干，瘿节斑驳，枝干虬劲，松针郁郁。此作品为中华竹刻艺术经典之作，可视为里程碑。

这之后，竹刻艺术一发而不可收，竹刻工匠留下姓名者蔚为大观，作品如过江之鲫，各流派争雄竞秀，各显其能。嘉定派奏刀深峻，洼隆深浅，传达文人的野趣朴茂；金陵派惜刀不舍，重薄轻厚，表达工匠的文人情怀；至于浙派竹雕，则另僻蹊径，留青皮雕，强调韵味，追寻笔墨之效。然无论何宗何派，自明晚期四五百年以来，固守竹刻之原则，为文人雅士添趣，为富商巨贾增乐。

近些年国学陡然增热，传统技艺又枯木逢春。竹雕工艺也不例外，仿古器渐成风涌之势，创新者亦日益昌隆。理解竹，不能仅仅停留在竹性上，更重要的是要在其千百年来祖先积累的文化性上做文章。王安石说："道有本有末。本者，万物之所以生也；末者，万物之所以成也。"用这句话套竹雕艺术，方可知竹之挺拔、中空、强韧、有节的文化情结形成的根源。

我与倪小舟先生仅见过两面，小舟先生身上透着旧时江南才子的清高风骨，对竹之态度也有异于俗界。他理解的竹雕多为创新，不沿袭明清的老路，也不急于以手艺换米，静心踏实地将每一支竹如美人般对待。尤其"断竹"系列，搜集千奇百怪的废弃之材的时间多于动刀刃的时间，思考的过程长于制作

扫一扫，听我讲本文背后的故事

的过程，让本来已丢弃的竹子焕然成为艺术，而这艺术又"苏世独立，横而不流"。

《断竹》结集出版，载入史册。未来中国的竹刻艺术又多了一株奇葩，司马相如的《美人赋》说"奇葩逸丽，淑质艳光"，这话描述"断竹"实不为过。

是为序。

丁酉霜降前一日
——本文原为倪小舟《断竹》序

雅重的"三分半"书

文字的发明缘于人类需要跨时空沟通,中国字表意,国人稍加训练就可以看懂两千年前的文章,这让我们十分幸福。表音的文字可没这么幸运,表音文字能看懂五百年前的文章必须是专家学者。

象形的方块字诞生之时就具备了先天的艺术素质,故其在数千年以来不断完善,形成了令世人不可思议的书法艺术。中国书法的演进实际上是一个科学图表,将信息融入书法之中,在传达之际变幻无穷,让人在信息沟通时享受文字之美。

这是一个复杂的系统工程。一方面浓缩信息记录,传达信息时再度释放,而释放时初始含义不能出现歧义,这对祖先设计文字时是个挑战。中国人以文字的多义丰富极好地解决这一问题。另一方面单字单音,单字单体,互不粘连。中国文字的个体不可随意替代,让其独立存在并享有尊严。

书法在这样强大的文化背景中产生。甲骨文最初的象形意图,将中国文字定型并由具象走向抽象。当日月山川不再是一幅简单的画图时,书法已成为一门艺术。书法于是注重笔画之间的关系,注重整体平衡的架构,注重横竖撇捺的责任,注重字与字之间的融合,书法因此变得深奥。

至少有文字以来,国人有意无意地将其归纳为艺术,所以才有了今天的篆隶正行草,才有了名垂青史的书法大家,才有

扫一扫，听我讲
本文背后的故事

了风格迥异的书法艺术，才让我们看到如此摇曳生姿、仪态万方的书法作品，许多惊世之作令人高山仰止。

习字是古代文人的必修课。古人将文字创始以来的字形作出归纳，甲骨的错落多姿，金文的典丽遒劲，小篆的端庄严谨，隶书的雄阔丰润，楷字的沉厚安详，行书的畅达挺劲，草书的奔逸不羁……都是书法的精神核心。深谙门道的前辈大家都将自己拿手绝艺献世，形成风格。可这对后人又是个障碍，也是挑战。

新惠先生自幼习字，多年勤勉不辍，用笔、结字、章法、成就斐然。中年变法，水到渠成，取一分楷，一分隶，一分篆，半分篆刻，自创"三分半书"，与板桥"六分半书"相映成趣，算是一分收获。有收获就应展示，新惠嘱我写一前言，斟酌再三，勉为其难写上几句，谨为祝贺。

辛卯立冬
——本文原为刘新惠《心与古会——刘新惠作品集》前言

跋

我特别愿意讲因果，凡事皆有因果。我年轻的时候做文学编辑，你们知道的文学大家我差不多都认得。

年轻的时候，我错以为文学是我一生的事。后来随着年龄增长，我发现文学不是一生的事，它是半生的事。年轻人喜欢文学非常正常，因为有憧憬，对未来不知。到岁数大的时候，我希望生命科技有突破，让我活到100多岁，等我到了那个自己所认为的晚年，而不是别人所认为的晚年的时候，如果有精力，我可能写一本小说，书名都想好了，就叫《我的后半生》。

我甘心做编辑做了整整十年，新中国成立70年里文学最为辉煌的时刻，因为有十年特殊时期的文化禁闭突然释放，在这十年的文学编辑生涯中，我认识了诸多作家，很多文学才子。给这些作家当编辑的时候，我自认为是个好编辑。

比如说，我书架上有一本王朔的小说《空中小姐》，前一阵我无意中拿起来翻了一下版权页，写得非常清楚：这是作者的第一部小说集。责任编辑：马未都。现在想来也是很有趣。

我之前也写过小说，作家出版社曾经给我出过一本小说集

《记忆的河》。这本小说集的序是著名作家林斤澜为我写的。林斤澜先生有着"短篇小说之王"的称谓。林斤澜曾是北京作家协会主席,温州人。当年北京作家团访问法国,温州作家协会举行盛大的宴会,说温州终于有一个牛人出现了。林斤澜先生与汪曾祺先生齐名,所以能请到林斤澜先生帮我写序,我感到十分荣幸。这件事虽然过去30多年了,我依然十分清晰地记得他为我作序之好,是我不能及的。

我还有一本相对专业的书,写的是中国古代门窗。《中国古代门窗》这本书在2003年获得了中国国家图书奖。当时国家图书奖两年评一回,30万本书里就三个一等奖,第一本是《永远的三峡》,第二本是七卷集的《中国书法史》,第三本就是《中国古代门窗》。这本书是罗哲文先生为我作的序。到今天虽然两位老师都不在世了,但我依然记着这些老先生曾经为我写的序。

我作为一个职业编辑,看书都是先看序,我发现很多序写得不好。好多人都是在无原则地说话,我一定不会这样去做。尤其落到白纸黑字上。

一本书怎么能够引导人家入门,序非常重要,就像听音乐会有序曲,看戏有序幕。我写序的时候每一本都认真对待,书我一定要看,而且我一定是发自内心地认为这本书从某一个侧面是有过人之处,或者是有好处的,是值得留下一篇文字的。

《小文99》里,有一篇跟"喜"文化相关的序,是我认识一个女孩,这个女孩18岁我就认识她,她是北京舞蹈学院的学生，最后在中央芭蕾舞团跳《白天鹅》，当时把我感动得一塌糊涂。后来当她到 50 多岁的时候出了本有关收藏的书，想请我来作序。你很难想象从小学芭蕾舞的人跟收藏有什么关联，但就有关联，我就写了这个序，所以序一定要有一个导入。

关于《小文 99》，我一开始没有意愿出成书，只不过写的多了，就逐渐有了意识，可以结集出版。很有意思的是，在我有限的阅读中，并没有发现过去有这类把序言结成一本书的书，我想我来做这么一本，应该会很有意思，你捏着这本小书就看了其中包含的 99 本书的基本梗概。

所以说，把这样一些零散的文章结集出版，对我来说其实是人生很重要的一件事。等书再版的时候，我就不停地淘汰里面写得不好的，或者过时的。将来在我新的博物馆里，我想开出一片读书角来，把每一本书的原始状态，包括作者送给我的书，还有我的手稿摆在那个角落里，让你们看看每一本书的成书过程。我心想，我一定要对得起这件事。

马未都
2025 年 4 月

图书在版编目（CIP）数据

小文 99 / 马未都著 . -- 武汉：长江文艺出版社，
2025.7（2025.8 重印）. -- ISBN 978-7-5702-4057-9

Ⅰ. I267.1

中国国家版本馆 CIP 数据核字第 2025X6M572 号

小文 99
XIAO WEN 99

马未都　著

选题产品策划生产机构 | 北京长江新世纪文化传媒有限公司
总　策　划 | 金丽红　黎　波
项目统筹 | 马丽娟
责任编辑 | 陈　曦　　　装帧设计 | 郭　璐　　　责任印制 | 张志杰　王会利
助理编辑 | 张晓婷　　　内文制作 | 张景莹　　　版权代理 | 何　红
法律顾问 | 梁　飞　　　视频摄制 | 高　梦
媒体运营 | 刘　冲　刘　峥　洪振宇
总　发　行 | 北京长江新世纪文化传媒有限公司
电　　话 | 010-58678881　　　　　　传　　真 | 010-58677346
地　　址 | 北京市朝阳区曙光西里甲 6 号时间国际大厦 A 座 1905 室　邮　编 | 100028
出　　版 | 长江出版传媒　长江文艺出版社
地　　址 | 湖北省武汉市雄楚大街 268 号湖北出版文化城 B 座 8-9 楼　邮　编 | 430070
印　　刷 | 天津盛辉印刷有限公司
开　　本 | 880 毫米 ×1230 毫米　1/32　　　印　　张 | 9.125
版　　次 | 2025 年 7 月第 1 版　　　　　　印　　次 | 2025 年 8 月第 2 次印刷
字　　数 | 195 千字
定　　价 | 68.00 元

盗版必究（举报电话：010-58678881）
（图书如出现印装质量问题，请与选题产品策划生产机构联系调换）